마지막 명상

마지막 명상

초판 1쇄 인쇄 2010년 11월 23일
초판 1쇄 발행 2010년 11월 29일

지은이 | 박제영
펴낸이 | 손형국
펴낸곳 | (주)에세이퍼블리싱
출판등록 | 2004. 12. 1(제315-2008-022호)
주소 | 157-857 서울특별시 강서구 방화3동 316-3번지 한국계량계측협동조합 102호
홈페이지 | www.book.co.kr
전화번호 | (02)3159-9638~40
팩스 | (02)3159-9637

ISBN 978-89-6023-483-3 03810

마지막 명상

박제영 지음

ESSAY

이 책을 쓴 이유

초등학교 2학년 때였습니다. 학교에서 고전 읽기와 독후감 쓰기를 하면서 지혜로운 분에 관한 이야기를 읽게 되었습니다. 그 책에서 지혜라는 단어를 처음 만나게 되었습니다. 그렇지만 나이 마흔이 넘을 때까지 지혜가 무엇인지 몰랐고, 그 지혜에 관한 이야기는 마흔이 넘어서도 잊히지 않았습니다. 그 이야기의 내용은 다음과 같습니다.

옛날 옛날 날씨가 화창한 어느 날이었습니다.

토끼가 낮잠을 자다가 아주 큰 소리를 듣고 깨어나서 두려움에 사로잡혔습니다. 토끼는 그 큰 소리가 하늘이 무너지는 소리라 생각하고 도망가기 시작했습니다.

도망가던 토끼는 사슴을 만나게 되었고, 사슴은 토끼에게 무슨 일이냐고 물어보게 되었습니다. 그래서 토끼는 자신이 겪은 일을 얘기하면서 하늘이 무너지고 있으니 빨리 피하라고 했습니다. 이에 사슴도 함께 달리기 시작했습니다.

도망가다가 토끼와 사슴은 호랑이를 만나고, 호랑이도 사슴에게 그 이야기를 듣고 같이 달리기 시작했습니다. 토끼와 사슴 그리고 호랑이는 도망가면서 많은 동물들을 만나게 되었고, 그 모든 동물들은 함께 달리기 시작했습니다.

　그러다가 명상을 하고 계신 지혜로운 분을 만나게 되었습니다. 그분께서 동물들에게 왜 급히 달려가는지를 물어보시고, 동물들은 여차여차해서 도망가게 되었다고 이야기했습니다. 그분께서 동물들의 말을 들어보니 토끼가 맨 처음 도망가는 시작임을 아시게 되었고 토끼에게 물어보셨습니다.

　이에 토끼는 자초지종을 이야기했습니다. 그분께서는 토끼에게 함께 그 자리에 가보자고 말씀하셨고, 모든 동물들은 다같이 그 자리로 가게 되었습니다. 거기에는 떨어진 큰 야자수 열매가 바위에 부딪혀 산산조각이 나 있었습니다. 그제야 그 큰 소리가 무엇인지를 알게 된 토끼와 동물들은 안심하고 다시 일상생활로 돌아갈 수 있었습니다.

　이 이야기 속에는 지혜의 핵심이 온전히 들어가 있습니다.

　문제의 시작을 보아야 하는 것, 그 시작을 볼 수 있으려면 두려움을 넘어서야 하는 것, 그리고 문제를 온전히 있는 그대로를 보는 것이 지혜의 움직임이라는 것을 보여주는 이야기입니다.

보편적 가치 나무

차례

제2부 보편적 가치 이야기

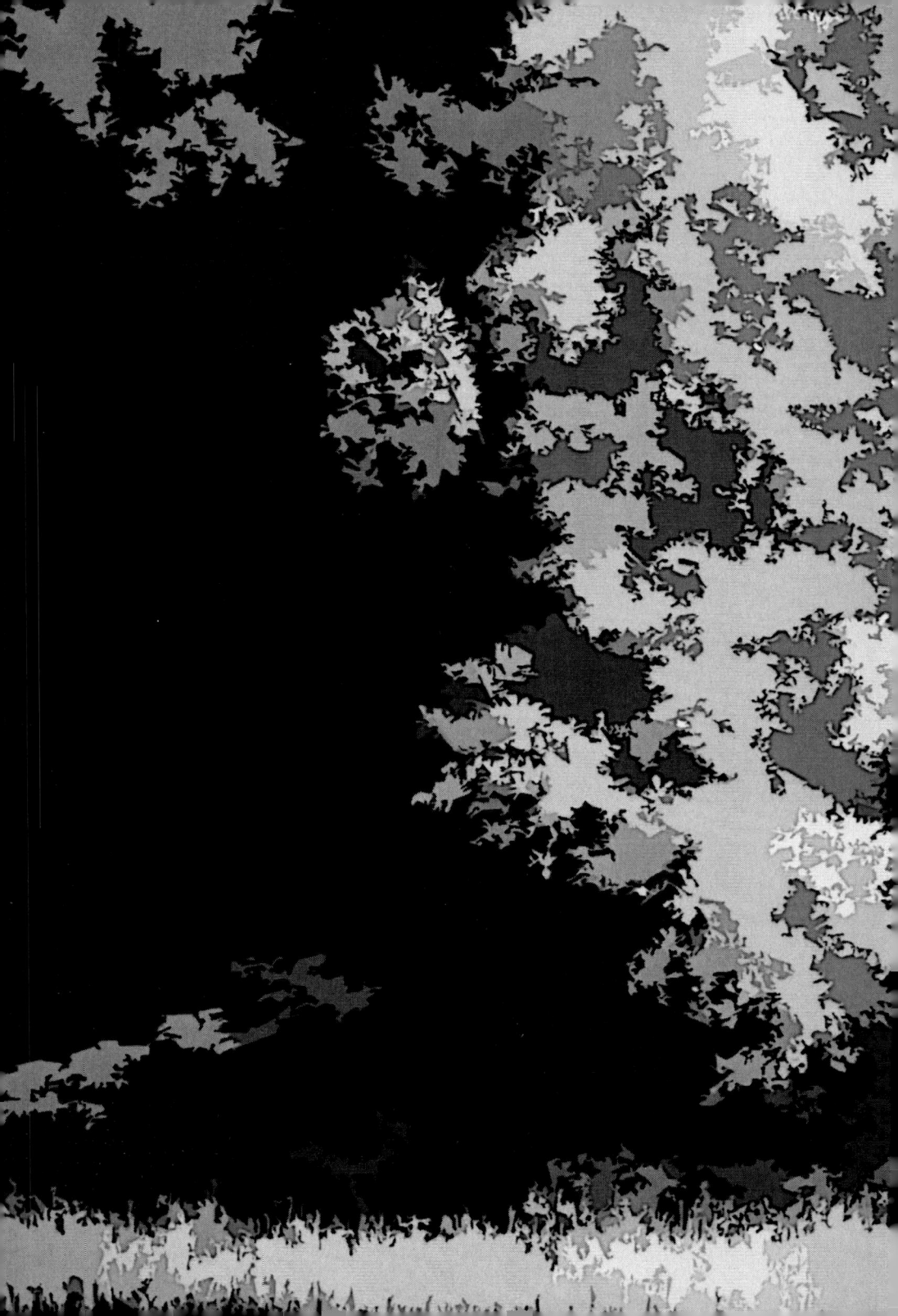

제1부

명상이야기

명상이란?

짧은 시간에 무언가를 이루기는 어렵습니다.

추상적 의미의 단어를 이해할 정도의 모국어를 배우는 데도
수십 년이 걸립니다.
신체적으로 성인이 되는 데 걸리는 시간도 약 20년 정도 걸립니다.
명상은 정신적 성숙의 과정이자 길이며,
명상을 바르게 이해하기 위해서는 적지 않은 시간이 필요합니다.

명상은 자신과 타인 그리고 세상에 대한 배움의 과정입니다.

명상을 정의한 문장 속의 자신(나), 타인, 세상, 배움, 과정의 단어들 역시
이해의 대상이기도 합니다.
명상은 흔히 영성이라는 의미를 담고 있어서
세속적인 측면과의 연결성이 약하다는 오해가 있습니다.
명상은 우리 삶의 모든 영역 그리고 자연(우주)에 관한 이야기랍니다.

명상은 사실을 근간으로 하는 배움의 과정입니다.

명상은 행복과 깨달음을 좇아가는 것이 아닙니다.
나 자신의 감정과 생각에 대한 만남이자 배움입니다.
나의 슬픔, 화, 두려움의 소리를 경청하고 관찰하는 과정입니다.
그리고 그 배움의 힘을 통해 타인과 세상, 우주(자연)에 대해
배우는 과정입니다.

명상은 스스로 홀로 서는 과정입니다.

명상은 외부의 조작과 선동 그리고 세뇌의 힘에서 벗어나
무엇이 바른 것인지를 알게 되는 배움입니다.
명상은 자기 억압, 자기 기만, 자기 비하를 벗어나
온전한 삶을 지향할 수 있는 힘을 지니게 되는 과정입니다.

명상은 지혜와 우리라는 가치를 배우면서 성숙해지는 과정입니다.

명상은 무질서한 지식 조각의 움직임에 질서를 가져오며,
타인과 세상을 볼 수 있는 마음의 눈, 즉 지혜를 갖게 합니다.

명상은 스스로 명상의 의미를 찾게 되는 과정이며,
명상을 어떻게 해야 하는지에 대한
그 길조차 스스로 찾아가게 되는 과정입니다.

명상은 싸움(전쟁)이 아닙니다.
그렇기에, 내가 무언가를 얻는 행위가 아닙니다.

명상은 개별적 요소의 관계성을 이해하고,
개별적으로 인식된 보편적 가치들의 통합성을
이해해 나가는 과정입니다.

명상은 긴장에서 벗어나는 과정

우리 몸은 대부분의 시간을 긴장하면서 지냅니다.
에고(ego)는 그 자체가 긴장이며, 몸에 큰 영향을 미칩니다.

에고를 이해하는 과정은 명상의 매우 중요한 핵심입니다.
에고를 이해한다는 것은 내(ego)가 긴장하고 있음을
아는 것이기도 합니다.
나 자신이 긴장하고 있음에도 불구하고 정상이라고 생각한다면,
그 긴장은 죽을 때까지 계속됩니다.
나 자신이 긴장하고 있음을 알고 나면,
그 다음에는 왜 긴장하는지를 알아야 합니다.
그 이유를 바로 볼 수 있을 때 그 긴장은 저절로 사라집니다.

내면의 긴장은 몸의 긴장을 가져오고, 그 결과 몸은 망가집니다.

만약 내면의 긴장이 풀리지 않는다면,
몸을 위한 훈련을 하더라도 몸은 다시 긴장하게 된답니다.

스스로 이러한 사실을 만나기 위해서는
고도의 정직과 민감성이 있어야 합니다.

명상은 시작과 과정이 결과

명상에서는 시작과 과정 그 자체가 결과이며,
그렇기에 매 순간이 소중합니다.
이를 '현재를 산다'라고도 표현할 수 있습니다.

'현재를 산다'는 것은 매우 중요한 일이지만,
우리는 삶의 많은 시간을 걱정과 욕망(심리적 과거와 미래)으로
채웁니다.

'현재를 살기' 위해서는
자신이 '현재를 살지' 못하고 있다는 사실을 스스로 알아야 합니다.
이를 위해서 우리는 자신에 대해 **경청**하고 관찰해야 합니다.

스스로 **경청**과 관찰의 기술을 터득해야 하며,
쉼이 의미하는 바와 자아의 정체성에 대한 이해가 이루어질 때
명상은 더 이상 삶과 분리되지 않는 그 무엇이 됩니다.

명상의 시작과 변화

컵에 물을 부을 때 컵의 바닥을 향해 부으면
부딪히는 소리가 납니다.
그런데 컵을 약간 기울여
컵 안쪽 옆면에 물이 떨어지게 되면
소리가 작아지거나 나지 않는답니다.

우리는 살아가면서 다양한 경험을 합니다.
그 경험 속에서 자신이 어리석으면
그 마찰 소리는 더 커지고 고통스럽습니다.
같은 외부적 자극이라도
나 자신이 어떤 존재이냐에 따라
고통과 소리는 달라집니다.

만약 큰 소리가 난다고 남의 탓만 한다면
그 다음에는 더 큰 소리가 날 것입니다.
왜냐하면 스스로가 그 원인과
자신의 모습을 제대로 보지 못하면
삶은 같은 문제를 반드시 만나게 해주기 때문입니다.

어느 누구도 나 자신을 변화시킬 수는 없답니다.
오직 스스로를 정직하게 보고 이해하지 않고서는 변화하지 않으며,
변화하지 않으면 과거의 삶을 되풀이하며,
자식에게 그 어리석음을 대물림 합니다.

명상은 현재의 삶에 불만을 느끼고,
진정 '자신의 변화'를 원할 때 시작됩니다.

명상 일기

명상이 삶과 하나가 되는 것은 매우 어려운 일입니다.

매일 마음속에 명상 일기 쓰기를 권합니다.
아침에 출근할 때 혹은 저녁에 자기 전에,
어제 혹은 오늘 있었던 일들을 한번 그냥 관찰하는 것입니다.

그리고 주말에는 주간에 있었던 일들을 한번 관찰해보세요.

스스로 시간을 내어 마음속의 명상일기 쓰기는 쉬운 일은 아닙니다.
그렇지만 스스로 행하지 않고서는 변화와 성숙은 불가능하답니다.

듣기, 보기, 느끼기, 읽기, 쓰기, 말하기

명상을 통해 자신을 이해하면서
삶을 어떻게 살아가야 하는지를 이해하게 되었습니다.

문제가 외부에만 있다고 생각했는데
더 심각한 것은 바로 나 자신의 어리석음이라는 것을 알았습니다.

어리석음은 자신이 어리석다는 것을 알지 못하는 상태입니다.

자신이 어리석다는 것을 아는 것은
적어도 어리석음에서 벗어날 수 있는 길을 찾은 것입니다.

어리석음에서 벗어나는 그 길은 의외로 간단한 것이었습니다.
그 길은 듣기, 보기, 느끼기, 읽기, 쓰기, 말하기를
제대로 하는 것이었습니다.

너무나 단순하기에 그냥 지나쳤던 것입니다.

인생의 다양한 문제는
이 여섯 가지를 제대로 할 수 있을 때 해결 가능성이 높아집니다.

글쓰기(1)

글쓰기를 통해 우리는 배려를 배웁니다.
왜냐하면 읽는 이가 이해할 수 있도록
자신의 생각과 쓴 글에 대해 여러 번 고민해야 하기 때문입니다.
고민하는 과정은 **통합적/전체적 사고**를 할 수 있는 **기반**을 만듭니다.

글과 말은 자신이 고민하고 이해한 것을 나누는
유용하고 중요한 도구입니다.
나누지 못한다면 명상은 열매를 맺지 못하는 나무와 같습니다.

글쓰기(2)

자신이 쓴 글을 다시 보면서 배웁니다.

글 속에 담긴 오만함을 보고 겸손을 배웁니다.
서툰 표현을 보면서 부족함을 봅니다.

자신이 쓴 글을 다시 보는 것은 자신의 내면을 보는 것입니다.
그것은 글쓰기만큼 어렵고 부끄러움을 느끼게 합니다.

자신이 쓴 글을 다시 보는 것은 명상입니다.

두 가지 마음

인간에게는 두 가지의 마음이 있습니다.
하나는 양심(良心), 즉 어진 마음이고
다른 하나는 에고(ego)라는 자아입니다.

가끔 화가 난 딸아이가 억지를 부리면서
"내 맘(마음)이야!"라고 합니다.
이때, 그 맘(마음)이 바로 에고(ego)입니다.

다음은 사전에 정의된 양심(良心)에 관한 내용입니다.

양심(良心) : 한 개인이 자기 자신의 행위·의도·성격의
　　　　　　도덕적 의미를 올바르고 착해야 한다는 의무감과
　　　　　　관련 지어 파악하는 도덕 의식.

우리는 학교에서 도덕, 윤리를 배웠고, 양심이라는 단어를
일상생활에서 사용하지만 그 의미들을 제대로 알지 못합니다.
단지 머릿속에 저장된 기억 정보이며 타율적 규칙일 뿐입니다.

명상의 어려움 중 하나가 책이나 타인으로부터 배운 정보를
소리와 기호의 형태로 암기하면서도 자신이 이해하고 있다고
착각하는 것입니다.

우리는 에고(ego)가 무엇인지 모른 채 그냥 하루하루 살아갑니다.
그래서 가끔 "나도 내 마음을 모르겠어"라고 혼잣말을 합니다.

이 두 가지 마음에 대한 배움은 명상의 한 부분입니다.

이타심

이타심은 타인을 배려하는 마음이 아닙니다.
이타심은 희생이 아닙니다.

이타심은 인간과 자연 그리고 자신과 타인을
동시에 배려하는 마음입니다.
이타심은 **통합적** 사고의 출발점이며 다른 말로 지혜입니다.
이타심의 배움은 자기 내면에 대한 배려로 시작합니다.

이기심은 자아(ego)의 마음입니다.
이기심은 자신만을 위하며, 그 이외에는 단지 수단일 뿐입니다.
이기심은 늘 채우지만 항상 부족할 뿐입니다.
이기심은 편협한 사고의 시작이며 그 결과가 늘 불완전합니다.

마음의 고요함

명상의 '결과' 중 하나가 마음의 고요함입니다.
'평상심' 혹은 '마음의 평화'라는 말도 같은 의미입니다.

'결과'라고 표현한 데에는 이유가 있습니다.
왜냐하면 마음의 고요함은 목적이 될 수 없기 때문입니다.
그래서 결코 바람을 가지고 명상을 할 수는 없답니다.

몸의 변화나 균형을 통해서 마음의 고요함은 불가능합니다.
자기 내면의 무질서에 대한 이해만이 마음의 고요함을 가져옵니다.
마음의 고요함, 즉 자기 내면의 변화는 보편적 가치의 내재화입니다.

보편적 가치 중 가장 이해가 쉬운 것이 배려입니다.
자신의 내면에 진정한 배려가 움직이는지(꽃피는지)를 보면
그 가치가 내재되었는지를 알 수 있답니다.

훌륭한 부모나 리더가 되기 위해서는
보편적 가치가 바탕이 되지 않는다면 불가능하답니다.

하루에 단 1분이라도 자신의 내면 보기를 권합니다.
그렇지 않고서는 마음의 고요함은 불가능합니다.

오뚝이와 평상심

오뚝이는 무게중심이 밑에 있어서 넘어지지 않습니다.
오뚝이를 기울이면 왔다 갔다 반복하다가
다시 중심을 잡고 제자리를 잡습니다.

살다 보면 별 일을 다 겪게 되는 것이 인생입니다.
때로는 분노 속에
허우적거릴 때도 있고(이 경우에는 자각이라도 됩니다),
자기 기만의 생각 속에 갇혀서
빠져나오지 못하는 경우도 있습니다.

사람의 경우 **평상심**,
즉 마음의 **평화**는 오뚝이의 복원력과 같습니다.
평상심이라는 기초가 없다면 작은 실패에도 쉽게 좌절하거나,
작은 자극에도 쉽게 흥분할 것입니다.

평상심은 쉽게 주어지지 않습니다.
스스로 삶에 대한 깊은 **성찰**과 **탐구**를 통해서만이
형성되는 것입니다.

세상엔 결코 공짜 점심이란 없습니다.
(There is no free lunch.)

스스로, 바람 없이, 지속적

어릴 적에 읽었던 토끼와 거북의 달리기 시합은
명상을 하는 이에게는 매우 의미 있는 동화입니다.
만약 인간이 거북이라면
그리고 그 시합을 해야 한다면 하려고 했을까요?

명상을 하는 초기에는 혼란스럽고 길이 잘 보이지 않기에,
조금 하다가 불가능하다고 결론 짓습니다.

인생을 살아오면서 바람 없이
스스로 지속적으로 하는 그 무엇이 존재하지 않았으니……

스스로 + 바람 없이 + 지속적

위 세 가지 중 하나도 어려운데 명상은 그 세 가지를 다 요구합니다.
이 세 가지를 갖춘 지성의 싹이 자라나면,
그 다음부터 명상은 자연스럽게 가게 된답니다.

답만을 찾는,
조급하게 찾는,
나만 바라보는 가치가 주인 노릇을 하는 한
명상은 불가능하답니다.

어리석은 '나'에 대한 배움

바른 가치에 대한 배움을 위해
도덕, 윤리, 철학이라는 이름으로 지식 교육은 되고 있지만,
이는 규칙을 암기하는 것에 불과합니다.

아무리 많은 지식 공부를 하고 사회에 나가더라도,
학교에서 배운 지식만으로 살아가기에는
너무 많은 어려움이 있습니다.
도덕, 윤리, 철학은 삶과 동떨어진 규칙의 형태로 작용하기에
죄의식을 느끼거나 염세주의자가 되기도 합니다.

한편, 세속적인 것보다 영적인 것을 추구하는
사람들의 어려움도 마찬가지입니다.

'참 나'를 찾고자 부단히 노력하지만
결코 '참 나'를 찾지 못하기에 그 삶은 불행하게 됩니다.

어리석은 존재가 어떻게 '참 나'를 찾을 수 있을까요?
'참 나'를 찾는 것이 아니라
어리석은 '나'를 배우는 것이 필요하답니다.
배우는 것은 찾는 것과는 다릅니다.
배움은 경청과 관찰입니다.

바른 리더십을 배우는 것, 좋은 부모가 되는 것
그리고 '참 나'를 찾기 위한 첫 번째 발걸음은
바로 '어리석은 나'를 배우기 위해 '내면의 책'을 읽는 것이랍니다.

행동 강령

어릴 때는 행동 강령을 배웁니다. 그 배움은 암기와 모방입니다. 암기와 모방을 통한 배움은 근본적 이해가 없거나 부족하기에, 삶의 다양한 문제에 부딪히게 될 때에는 그 효용성은 제한적입니다.

미국은 매뉴얼의 국가라 할 수 있습니다. 매뉴얼은 지켜야 할 최소한의 행동 강령이며 누구나 따라 하면 시스템은 어느 정도 돌아간다는 취지로 만들어졌습니다. 다양한 인종, 종교, 학력, 의식, 가치관을 지닌 사람들이 함께 살아가기 위해서는 매뉴얼은 필요한 최소 부분인 것입니다.

과거 성인들께서 인류에게 준 선물은 크게 두 가지로 나누어집니다. 하나는 행동 강령이고, 다른 하나는 행동 강령의 밑받침인 **근본적 가치(보편적 가치)**입니다.

행동 강령은 "사랑하라, 거짓말하지 말라" 등의 "무엇을 해야 한다거나 하지 말라" 입니다. 이는 어린아이에게 부모가 주는 가르침과 같은 것입니다.

행동 강령은 기호와 소리의 형태로 머릿속에 기억되지만, 삶의 문제를 만나면 그 행동 강령은 쉽게 실행되지 못합니다. 왜냐하면 그 행동 강령은 매뉴얼과 같은 타율적 지침이며, 내면에 있는 자신의 다른 생각, 욕구, 감정과 부딪히기 때문입니다.

근본 가치는 이해하기 힘들고 습득하기가 어렵습니다. 이는 수학이나 철학을 공부할 때 느끼는 어려움과 비슷합니다.

근본 가치에 대한 배움과 이해 그리고 내재화가 되지 않는다면 행동 강령은 고통스러운 타율적 지침이며 그것과 싸울 수밖에 없습니다.

지혜와 어리석음

어둠을 몰아내기 위해 어둠과 싸운다면 어리석은 일입니다.
어둠은 빛이 없는 상태입니다.
빛이 있다면 어둠은 자연스럽게 사라집니다.

우리 내면의 어리석음 역시 마찬가지입니다.
어리석음과 싸운다면 그것보다 더 큰 어리석음이 어디 있겠습니까?
어리석음은 지혜(지성)가 없기에 나타나는 현상입니다.
그렇기에, 지혜(지성)가 움직일 때 어리석음은 소멸하기 시작합니다.

지혜(지성)가 무엇인지 스스로 알기 전에는
어리석음과의 싸움은 끝나지 않습니다.

비난한다는 것은?

타인의 어떤 잘못을 보거나
자신이 실책을 저지르면 우리는 흔히 비난하게 된답니다.

비난은 분노와 좌절의 표현일 뿐 문제의 해결에는
도움이 되지 않는답니다.

비난이 멈추어지고 그 문제에 대한 관찰이 이루어질 때
문제의 해결이 시작된답니다.
어려운 점은 비난이 자연스럽게 멈추어지고
관찰이 자연스럽게 이어져야 한다는 것입니다.

명상은 바로 그 길을 스스로 발견하게 되는 것입니다.

참회/회개

많은 부모님께서 다음과 같은 말씀을 하신 적이 있을 겁니다.

"나중에 너도 결혼해서 너와 똑같은 아이를 낳아서 길러보면
부모 심정을 알 거다."

부모님의 말씀은 그 고통과 사랑을 직접 경험해보아야
인간은 성숙할 수 있다는 말이기도 합니다.
(소금을 혀에 대보아야 그 맛을 알 수 있지, 머리로는 알 수 없답니다.)
아이를 키우면서 부모님의 심정을 조금씩 이해하면서
우리는 성숙해집니다.

자신의 과거를 관찰하는 과정에 참회/회개가 없다면
이는 잘못된 관찰입니다.

관찰의 과정 중에 자신의 이기심과 탐욕
그리고 타인을 아프게 한 행위에 대한 부끄러움이 없다면,
이는 관찰이 아니라
자신의 에고(ego)를 강화하는 과정에 불과합니다.

첫 번째 단추를 잘못 채우면 나머지 단추도 잘못 채우게 됩니다.

명상의 시작이 바르지 못하다면 결과는 당연히 바르지 못합니다.
그렇기에, 명상의 과정 속에서 매 순간의 그 시작을 보아야 합니다.

나비효과와 사소한 것

나비효과란 아주 사소한 것이 중요한 영향을 미친다는 것입니다.

우리는 대단한 것, 중요한 것을 찾거나 혹은 되고자 합니다.
그런데 삶은 많은 소소한 것 혹은 사소하다고 여겨지는 것으로
채워져 있습니다.

사소하다고 느껴졌던 것이 들리고 보이고 느껴질 때만이
과정의 의미를 알며 현재를 살 수 있답니다.
사소한 것 하나하나의 소중함을 느낄 때 행복은 곁에 있습니다..

우리는 어떤 일에 대해서 큰 일, 작은 일을 나누고
작은 일에 주의를 크게 기울이지 않는 경향이 있습니다.

우리의 삶이 힘든 이유는 근본적 가치의 문제가 있기 때문입니다.
그것은 매우 단순하며, 아주 사소하게 보이기도 합니다.
그래서 우리는 그 중요한 것을 간과하기 일쑤랍니다.

자신을 이해한다는 것은 모든 것에 민감해진다는 것이며,
이는 대상(사안)을 크고 작음의 차별 없이 본다는 것입니다.

자신을 관찰할 때 사소한 것은 결코 없습니다.

불만

명상은 자신에 대한 불만 없이는 불가능합니다.

그런데 많은 이들이 자신에 대한 불만보다는
외부에 대한 불만만을 가지고 분노하고 불평합니다.

어린아이들을 보면 늘 외부에 대한 불만을 이야기합니다.
만약 어른이 외부에 대한 불만만을 얘기한다면
그는 아직 심리적으로 유아기에 멈춰 있는 것입니다.

어른이 된다는 것은 바로 자신에 대한 불만을 심각하게
생각한다는 것입니다.
그 불만은 자신의 어리석음에 대한 불만이며,
보편적 가치의 부재에 대한 불만입니다.

자아는 늘 비교, 경쟁 속에 살고 있습니다.
비교를 통해 더 좋은 것을 가지고 싶다는 욕망으로 이어져,
투덜대며 불만을 가집니다. 그래서 그는 늘 불행합니다.

우리 속담에도 있지요?
"남의 떡이 더 크게 보인다"고······.

외부 세계에 대한 자신의 불만을 살펴보세요.
그리고 자기 내면의 세계에 대한 불만이 있는지 없는지도 살펴보세요.

남의 탓

초등학생만 되어도 남의 탓을 하는 데 익숙합니다.
그리고 어른이 되어도 여전히 남의 탓을 합니다.

남의 탓을 하는 한, 문제의 근원인 나의 탓은 보이지 않으며
어리석은 에고(ego)는 자신과 타인을 계속 태웁니다.

외모는 사람이지만 내면은 원숭이와 크게 다를 바 없는 존재로서
삶을 살다가는 것이 우리의 현실입니다.

한계

자신의 한계를 아는 것은 정직의 시작입니다.
그리고 그 한계를 뛰어넘는 것은 배움입니다.
그 배움은 정직, 의심, 고민 그리고 질문의 과정입니다.

실패

어떤 일에 대해 나름대로 최선을 다했지만 실패할 수 있습니다.
성공이란 내 노력만이 아니라 여러 가지 외적 요인과
보편적 가치의 결과입니다.

자신의 머릿속에 실패의 가능성을 열어두지 못한다면
오히려 두려움은 늘 곁에 존재합니다.
그 두려움은 에너지를 온전히 일에 집중하지 못하게 합니다.
그 결과 실패의 가능성은 오히려 높아집니다.

실패를 받아들일 수 있을 때 그는 좌절하지 않으며,
그 실패를 통해 배울 수 있습니다.

있는 그대로의 사실에 대한 정직한 이해만이
실패에 대한 두려움에서 벗어날 수 있게 해주며,
그럴 때만이 성공의 가능성이 더 높아지는 것입니다.

명상과 정신분석학

프로이트로부터 출발한 정신분석학은
명상과 일부분을 공유합니다.
억압된 기억, 즉 과거를 탐구한다는 점은 같습니다.
그러나 그 접근 방법은 다르며 그 결과도 다릅니다.
정신분석학은 분석에 기반하여
특정 문제의 해결에 주안점을 두게 되며,
외부 전문가의 **도움**을 받아 그 문제를 직면하고 이해하게 됩니다.
그리고 특정 문제의 해결에 초점을 맞추게 됩니다.

특정 문제에 대한 해결은
명상 과정에서 자연스럽게 얻어지는 결과이며,
더 중요한 것은 문제에 대한 접근하는 태도나
방식을 익히는 데 주안점을 둡니다.
스스로가 문제를 풀어가는 과정을 통해
홀로 서는 힘(태도, 방식)을 얻게 되며,
특정 문제만의 해결이 아니라
여러 가지 문제의 공통된 근본 메커니즘을 이해하게 됩니다.
그 결과 바른 자존감을 갖게 되며
자신의 여러 영역(가치관, 먹거리, 책, 관계 등)과
사고방식도 **변화합니다.**

변화와 시간 그리고 연관성

체중 감량 다이어트에 성공하기는 쉽지 않습니다.

몸무게가 늘어나는 데 걸린 시간과 과체중으로 지내온 시간은 대개 다이어트 기간보다 길게 마련입니다. 그리고 몸무게가 늘어난 이유를 과도한 음식 섭취, 운동 부족으로만 보고 운동과 음식 조절을 통해 살을 줄이려고 합니다.

이는 문제에 대한 올바른 접근 방법이 아니라고 생각합니다.

마음을 독하게 먹고 음식 조절과 운동을 통해 살을 빼는 데 성공하신 분들도 계시지만 실패하신 분들이 더 많습니다.

짧은 기간의 다이어트를 통해 체중 감량을 하게 되면 그 **변화의 격차**가 매우 커져서 기존의 상태를 유지하려는 기제(시스템)가 강하게 동작합니다. 그 결과 작은 심리적 자극으로 인해 폭식을 할 가능성이 높아집니다. (이는 금연을 시도하는 분들도 똑같이 경험하는 것입니다.)

만약 다이어트를 통한 **변화**가 충분하고도 서서히 이루어진다면 강한 결핍으로 인한 음식 욕구는 쉽게 일어나지 않을 것이며 음식과 크게 싸우지 않게 될 것입니다.
아울러, 자신의 식습관과 마음에 대한 이해 그리고 신체 상태에 대한 민감한 자각이 가능하다면 좀 더 자연스럽게 다이어트를 할 수 있을 것입니다.

음식과 운동만이 아닌 다른 요소들과의 연관성을 볼 수 있을 때 성공적인 다이어트를 할 가능성이 높습니다.

우리는 짧은 시간에 무언가를 이루려 합니다. 그리고 자신의 문제를 스스로 이해하기보다는 타인이나 책을 통해 해결하려 합니다.

바른 이해와 실천 없이는 제대로 되는 것이 없답니다.
(거기에는 시간, 즉 기다림이 필요하구요.)

통합적인 사고는 시간과 공간(요소)에 대해 함께 적용되는 것입니다.

식별 능력

아기는 성장하면서 식별(구분)하는 힘을 키우게 됩니다.
성장 과정에서 나와 나가 아닌 것을 나누는 개념을 통해
자아도 생겨납니다.
식별하는 힘은 복잡계(complex system)를 이해하는 힘이며,
점차 섬세함의 수준으로 발전되어 갑니다.
그리고 섬세함의 능력은 **창조성**의 능력으로 이어집니다.

명상 초기 과정에서는 자신의 내면을 볼 때
식별하는 힘이 약해서 쉽게 혼란에 빠집니다.

자신의 감정과 생각을 관찰하는 과정에
떠오르는 상처의 기억을 만나면 감정 에너지가 폭발하고
관련된 생각들이 물밀듯이 연이어 일어납니다.

스스로 자신의 감정과 생각을 구분할 수도 없으며,
폭발하는 에너지로 인해 자신이 과거 기억 속에 있다는
사실조차 잊어버립니다.
자신의 소중한 현재 시간을 과거의 시간으로
채우고 있는 것입니다.
현재를 잃어버리고 살아가는 모습은
미래에 대해 걱정을 할 경우에도 똑같이 적용됩니다.

우리 자신의 내면은 억압된 상처와 혼란의 기억들이 상존하며,
사람들은 그러한 생각들을 잡념이라는 이름으로 간과해버립니다.

명상은 이런 현실적인 내면의 문제를 스스로 풀어가는 배움의 과정입니다.

자신을 사랑한다는 것은?

"자신을 사랑하라"는 말이 있습니다.
자신을 사랑하려면 자신의 내면을 이해해야 합니다.

자신의 내면을 이해하려면
자신의 감정, 생각을 사랑의 눈과 귀로 보고 들어야 합니다.

사랑의 눈과 귀로 보고 듣는다는 것은
자신의 감정, 생각과 싸우지 않는 것입니다.
자신을 사랑한다는 것은
타인에게 **자비심**을 가질 수 있는 시작입니다.

거짓을 거짓으로 볼 때

거짓을 거짓으로 보아야 지혜의 움직임이 시작됩니다.

나의 내면에 사랑이 없음을 알고,
내가 생각하는 사랑이 가짜임을 알 때,
거기에 사랑이 들어올 공간이 생깁니다.

내가 배려와 나눔이 없는 인색한 사람임을 알 때,
나의 배려와 나눔 뒤에 숨어 있는 그 의미를 알 때,
거기에 배려와 나눔의 새싹이 피어나기 시작합니다.

이는 사실을 있는 그대로 본다는 것입니다.

진정 아는 것만 보인다

명상을 하시는 분들과 나눈 대화 내용입니다.

아이를 둔 여성분들은 아이에게 동화책을 읽어주면서
동화책에 담겨 있는 **보편적 가치**를 보면서 놀란다고 합니다.
"왜 예전에는 보이지 않았을까?"

아이를 잘 키우기 위해 육아 관련 책을 많이 읽은 분이
다시 그 책을 읽으면서 이렇게 느꼈답니다.
"왜 예전에는 그 책에 담긴 핵심(보편적 가치)이 보이지 않았을까?"

미혼 여성분이 책을 읽으면서 느꼈답니다.
시중에는 자신에 대한 성찰을 이야기하는 책이 적지 않은데,
"왜 나는 그것을 진작 보지 못했을까?"

내면의 책을 보지 않고
타인이 쓴 책을 통해 지혜의 눈을 뜨는 것은 불가능합니다.

타인이 쓴 책은 참고서일 뿐 내면의 책이 교과서입니다.

생각의 밀물과 썰물

생각은 밀물과 썰물처럼 왔다가 가고
다시 왔다가 가곤 합니다.
감정과 함께 밀려드는 그 생각의 밀물이
자신을 삼켜버릴 것만 같습니다.

마음이 조급하면 생각의 밀물 속에 빠져 허우적거립니다.
그런데 잘 관찰해보면 그 생각의 밀물은 곧 썰물처럼 사라집니다.

스스로 생각과 감정의 움직임 그리고 내용물을 보지 않고서는
조급증은 사라지지 않으며, 고요한 마음은 요원한 일이 됩니다.

자기 중심 & 인간 중심

자기 중심적 사고를 하면 문제를 온전히 볼 수 없으며,
그 결과 문제 해결을 위한 행동은 또 다른 문제를 낳습니다.

자기 중심적 사고는 인간 중심적 사고로 이어지며
이는 **자연에 대한 파괴와 약탈**로 이어집니다.

이러한 자기중심적/인간중심적 사고는 자신(인간)을 위하는 것 같지만
결국에는 자기파괴와 **자연파괴**로 이어집니다.

이러한 중심주의에서 벗어나기 위해서는
경청과 관찰하는 능력이 절대적으로 필요합니다.

경청과 관찰은 허상을 볼 수 있게 하는 동시에
사실에 머물 수 있게 합니다.

자아는 고인 물

자아(ego)는 고인 물과 같습니다.

고인 물은 썩기 마련입니다.
고인 물에 새 물을 붓는다고 그 물은 맑아지지 않습니다.

자아(ego)는 감정과 생각의 흐름을 막는 댐과 같습니다.
막힌 감정과 생각의 수위는 자꾸만 높아갑니다.
그리고 어느 순간 작은 충격에 그 댐은 쉽게 무너질 수 있습니다.

감정과 생각을 흘러가게 하세요.
흐르는 감정과 생각을 관찰해보세요.
흐르는 감정과 생각의 소리를 경청해보세요.

'나'라는 올무

목에 올무가 걸린 토끼는 두려움에 달아나려고 힘을 씁니다.
그렇지만 그 올무는 더욱더 조여듭니다.
고통이 더 심해지자 더욱더 놀라 달아나려고 힘을 씁니다.
그러자 올무는 숨을 쉬지 못할 정도로 목을 조여옵니다.
숨을 쉬지 못한 토끼는 결국 죽어갑니다.

경청하고 관찰하지 못한다면
어리석음으로 인해 자신의 **생명**마저 잃어버릴 수 있답니다.

자신이 올무에 걸려 있는지를 아는 것이 바로 지혜의 시작입니다.

우울증

"연기를 하지 않을 때는 존재의 이유를 찾을 수 없었어요.
왜 내가 살아야 하는지 도저히 알 수 없었습니다.
그래서 죽음에 대해서도 많이 생각했지요.
하지만 불쌍한 아이들을 만난 뒤 삶의 이유를 찾게 되었습니다.
제가 아이들을 도와주는 게 아니라 그 아이들이 저를 구해준 것이지요."

위 글은 탤런트 김혜자 씨의 이야기입니다.

인간은 누구나 우울증을 앓고 있습니다.
왜냐하면 그 우울증은 에고(ego)의 동반자이기 때문입니다.
보편적 가치만이 우울증의 근본적 치료를 가능토록 해주며,
삶의 의미와 **행복**을 찾을 수 있도록 해준답니다.

우리가 다시 **보편적 가치**의 집으로 돌아가지 않는 한
우리의 삶은 갈등과 고통의 연속이며 기만하는 삶을 살게 됩니다.

나비의 꿈

저는 출근할 때 남산을 거쳐 옵니다.

길 양쪽에 단풍이 든 은행나무의 모습이 제 안으로 들어올 때
그 느낌은 저절로 미소로 이어집니다.

우리는 평생을 '나'라는 꿈속에서 살다 갑니다.

'나'의 슬픔의 꿈,
'나'의 분노의 꿈,
'나'의 쾌락의 꿈,
'나'의 외로움의 꿈,
'나'의 욕망의 꿈.

이처럼 우리는 '나'라는 꿈에서 살며,
우리가 태어나 살고 있는 자연(우주)과의 교감은 그리 많지 않습니다..

혹시 장자의 호접몽(胡蝶夢: 나비에 관한 꿈)을 아시는가요?
성경에도 "깨어 있으라"라는 말이 있습니다.
'나'의 꿈에서 깨어나려면,
자신이 '나'의 꿈속에 살고 있다는 것을 이해해야 합니다.

그 이해를 위해서는 '나'를 보아야 합니다.
스스로가 자신을 관찰해야 합니다.

'나'라는 꿈에서 깨어나는 것은 자신만이 할 수 있습니다.
책이나 혹은 누군가가 깨어나게 해주는 것이 아니라
오직 스스로 자신을 이해하는 그 과정이 바로 깨어나는 과정입니다.

깨어난 자만이 세상을 온전히 볼 수 있으며,
자연(우주)이 준 그 선물을 받을 수 있답니다.

자연의 한자어는 [自然]입니다.
즉, 스스로 그러한 것입니다.
인간도 자연의 한 부분입니다.

자존감(1)

우리는 흔히 비교, 경쟁을 통한 성취(업적, 결과)나
자신이 가진 지식, 능력을 자존감의 기반처럼 느끼고,
그것이 훼손되면 화를 내거나 슬픔에 빠집니다.
그런데 그것은 상대적 자존감이랍니다.

바른 자존감은
비교, 경쟁을 떠난 바른 가치의 내재화를 통해서만
형성될 수 있습니다.

그 자존감은 타인과의 비교를 통한 우월감이나
일의 결과를 통한 성취감을 넘어서 존재합니다.
그 자존감은 스스로의 질서를 가지며,
소통과 협력의 가치를 삶 속에서 주고 받습니다.
그 자존감은 생명에 대한 소중함을 느끼며
타인과 외부세계에 대한 존중과 겸손함을 가집니다.
그 자존감은 어려운 환경에서도 포기하지 않으며,
긍정적 태도와 사고를 가집니다.
그 자존감은 에고가 아니며 보편적 가치입니다.

상대적 자존감은 모래 위에 집을 지은 것과 같으며,
조그마한 외부 충격에도 쉽게 무너집니다.

자신이 가지고 있는
자존감이 무엇인지를 모른다면,
자신도 모르는 불안감과 함께
평생을 착각 속에 살아가게 된답니다.

우리는 어떤 자존감을 가지고 있는지
스스로 진지하게 의심해보아야 한답니다.

자존감(2)

바른 자존감은 현재를 사는 사람만이 가질 수 있습니다.
현재를 사는 사람은 과정을 사는 사람입니다.

과정을 사는 사람은 자신만을 쳐다보며 사는 사람이 아닙니다.
과정을 사는 사람은 자신의 주위를 볼 수 있는 사람입니다.
과정을 사는 사람은 작은 것에도 **감사함**을 느끼는 사람입니다.
과정을 사는 사람은 타인을 배려하며 **공감**하는 사람입니다.
과정을 사는 사람은 **생명체**와 **비생명체**를 존중하는 사람입니다.

과정을 사는 사람은 자신을 **사랑**하는 사람입니다.
자신을 **사랑**하는 사람은 자기 내면의 감정, 생각에 귀를 기울입니다.
자신을 **사랑**하는 사람은 자신의 욕망, 두려움과 싸우지 않습니다.
자기 내면을 **경청**하는 사람은 타인과 세상의 소리에도 귀를 기울입니다.

경청하는 사람은 깨어 있는 사람입니다.
깨어 있기에 **현재**를 사는 사람입니다.

과정은 매 순간의 시작입니다.
그 시작에 깨어 있는 마음을 **초심**(初心)이라 부릅니다.

깨어 있는 사람은 마음의 눈이 열린 사람입니다.
그 마음의 눈을 지혜라고 부른답니다.

집착

집착은 무언가에 너무 가까이 가 있는 것을 의미합니다.
그 대상과 거리를 두지 않으면 그 대상도 물론
그 주위도 제대로 볼 수가 없습니다.
집착은 눈이 있어도 보지 못하는 상태입니다.

억압 기제

우리는 성장 과정의 심리적 상처와 잘못된 교육으로 인해
내면에 억압 기제를 형성하였습니다.

그 억압 기제는 에고(ego)의 중요한 부분입니다.

우리가 관찰하는 과정에서, 관찰 대상 중 하나가 바로 억압 기제입니다.
그 억압 기제가 어떻게 작용하고, 무엇을 누르고 있는지를 보아야 합니다.
그리고 눌린 그 대상은 표출되거나 이해되어야 합니다.

혼자만의 시간을 가지기를 권한 이유 중 하나는
관찰 과정에 눌린 대상의 표출이 가져올 결과 때문입니다.
억압된 관찰 대상이 표출되는 과정에서,
울음과 분노가 일어날 수 있고 주변 사람들에게 영향을 줄 수 있답니다.

우리는 자라면서 강해져야 한다고 들어 왔습니다.
특히 남자들은 울면 안 된다고 들어 왔습니다.
그래서 남자들의 억압 기제는 더 강합니다.

강하다는 것은 내면에서 무언가를 억압하거나
혹은 슬퍼도 울지 않는 것이 아닙니다.
진정한 강함은 보편적 가치의 내재화를 통한
질서의 삶을 사는 존재입니다.

명상의 과정에서 그 억압 기제의 해체와
보편적 가치의 내재화가 되지 않는다면,
내면의 고요함과 편안함은 만들어질 수 없답니다.

스스로가 자신을 얼마나 옭아매고 있는지 관찰해보세요.

명상은 자연스러운 것이며, 숨처럼 존재와 하나가 되는 것입니다.

그것은 결코 의도(바람, 노력)로 접근할 수 없으며,
오직 자기 내면의 소리를 정직하게 만날 때
명상은 자연스럽게 열리게 됩니다.

고통

신체적 고통에 관한 이야기를 먼저 드립니다.

저는 어릴 적에 사탕과 초콜릿을 많이 먹고,
이를 제대로 닦지 않아 치통으로 많이 고생했습니다.
치통은 고통이지만, 어쩌면 그 고통이 없었다면
지금 남아 있는 이조차 없을 것입니다.

이처럼, 신체적 고통은 무언가 잘못되어 가고 있음을 알려주는
일종의 알림입니다.
만약 그 고통을 무시하거나 알아채지 못한다면
나중에 더 큰 고통을 겪게 됩니다.

그렇기에, 고통은 문제의 해결을 위한 시작점입니다.
고통 그 자체만을 문제시 삼고 벗어나고자 한다면
근원적인 문제는 해결되지 않는답니다.

심리적 고통도 마찬가지입니다.

우리는 심리적 주체인 '나'로 인해 많은 고통을 받습니다.

그 고통에서 벗어나고자 다양한 형태의 시도를 합니다.
그 무엇엔가 집중하여 그 고통을 외면하거나,
"인생은 다 그런 거야"라며 자기 기만을 통해 그냥 받아들입니다.

이러한 심리적 고통에는 원인이 있으며,
그 원인이 해결되기 전에는 고통에서 벗어날 수 없습니다.

고통을 해결하려면 우리는 그 고통을 만나야 합니다.
그리고 그 고통을 보아야 하며 그 소리를 들어야 합니다.

심리적 고통이나 물리적 고통은 **생명**의 애절한 표현입니다.

그 고통을 외면하거나,
그 고통을 억압하거나,
그 고통을 정당화하는 것은

바로 **생명**을 죽이는 과정에 있는 것입니다.

생명은 사랑이며 소중한 것이기에,
우리는 관심을 가지고 그 고통의 소리를 경청하고 관찰해야 합니다.

조바심

조바심은 어떤 사안에 대해 자신의 뜻을 관철하고자 하는 마음이
강할 때 생깁니다.
마음이 지나치게 강해지면 다른 것을 볼 수 없게 된답니다.
다른 것을 볼 수 없다는 것은 현재를, 타인을, 주위를
볼 수 없다는 것입니다.
조바심은 두려움입니다.
두려움은 눈과 귀를 가립니다.

현재는 **변화**합니다.
그 **변화** 속에 우리는 타인과 환경에 서로 영향을 주고받습니다.
이는 우리가 하고 있는 것 역시
타인과 환경의 영향을 받는다는 것을 의미합니다.
결과는 나만이 만들어 내는 것이 아니라
타인과 외부세계가 같이 만들어 간답니다.

미래의 모습은 내 뜻과는 다를 수 있습니다.
우리가 최선을 다해도 실패할 수 있다는 것도 사실입니다.
내가 아는 것은 모르는 것에 비하면 매우 작으며
나는 어리석기에 실수나 잘못을 할 수 있습니다.
그렇기에, 나는 타인의 조언과 쓴소리에 귀를 열고 있어야 하며
배워야 합니다.

예수님께서 돌아가시기 전에 이런 말씀을 하셨다고 합니다.
"내 뜻대로 하지 마옵시고 하느님 뜻대로 하소서."

동양의 지혜 중에 이런 말도 있습니다.
"盡人事 待天命(진인사대천명): 최선을 다하고 하늘을 뜻을 기다린다"

사실을 있는 그대로 볼 수 없다면,
자연계의 질서를 볼 수 없다면,
조바심은 자꾸만 커지기만 합니다.

가짜 어른

어린아이는 몸의 성장과 함께 암기와 모방을 통해
내적인 자아를 형성해 나갑니다.

도덕과 윤리 역시 규칙을 암기하는 형태로 배우며,
삶 속에서 규칙은 자기 통제와 억압의 형태로 작용하게 됩니다.

가정과 학교, 사회의 조급함 그리고 목표(결과) 지향적 힘은
기다림과 의심, 고민하는 힘이 자라도록 기회를 주지 않습니다.
이는 성찰의 힘을 기를 수 없게 합니다.

그리고 눈에 보이는 가치(음식, 돈, 상장, 1등)와
타인의 인정, 평가를 통해 가짜 자존감을 형성합니다.
그 과정에서 가정과 학교, 사회는 비교와 경쟁이라는 가치를
최고로 두게 하여, 어른이 되어서도 그 가치 중심으로 생각하며
행동하게 됩니다.

그 결과 어른이 되어도 내면은 타율적이고 이기적인
어린아이인 것입니다.
'어린아이'라는 표현에서 보면 '어린'은 어리석음
그리고 철없음을 의미합니다.
그래서 우리 주위에 어리석고 철없는 어른들을 보게 되는 것은
드문 일이 아닙니다.

사춘기를 지나 어른이 되면 고뇌와 의심 그리고 정직을 통해
내적 성숙의 과정을 거칠 수 있는 기회가 주어집니다.
유전적 자질과 가정 환경, 사회적 영향에 따라
개개인은 그 기회를 성숙의 과정으로 연결시키거나
살아온 관성대로 나머지 삶을 살아가게 됩니다.

이것이 바로 인류가 걸어온 대다수 삶의 모습입니다.

폭력

인간은 폭력적이고 어리석은 존재입니다.
그렇기에 오랜 세월을 많은 폭력으로 역사를 채웠습니다.

물리적 폭력은 눈에 보이므로 비교적 쉽게 이해되지만
항상 그런 것은 아닙니다.
가정이나 학교에서 물리적 폭력은
사랑과 교육이라는 이름으로 포장되기도 합니다.

심리적 폭력은 관찰하거나 이해하기 어려울뿐더러
물리적 폭력 이상으로 그 상처가 깊습니다.
심리적 폭력의 시작은 흔히 가정에서 시작됩니다.
심리적 폭력은 가정 교육이라는 이름으로 포장되기도 합니다.

대부분의 부모 역시 성장 과정에서 심리적/물리적 폭력의 상처와
사랑의 결핍으로 인해 미성숙한 존재입니다.
그리고 많은 이가 부모로서의 자질을 갖추지 못한 채
아이를 낳게 되며, 그 아이에게 폭력과 사랑의 결핍을 대물림 합니다.

우리는 우리 세대에서 그 폭력의 대물림을 중단해야 합니다.
그러기 위해 스스로 자신의 폭력성을 알아야 합니다.

누구에게 배우는 것이 아니라,
스스로 자신의 삶 속에서 자신의 폭력성이 어떻게 움직이는지를
자각해야 합니다.

이것이 바로 깨어 있는 상태이며 배움입니다.

언어적 폭력

말은 사고(생각)의 모습입니다.
말이 폭력적이면 사고(생각)가 폭력적입니다.
사고가 폭력적이면 존재 그 자체가 폭력입니다.

거친 말은 물리적 폭력과 동일합니다.
거친 말은 자기 내면의 평화를 해치고 타인에게 상처를 줍니다.

"가는 말이 고와야 오는 말이 곱다"는 우리 속담도 있습니다.

고운 말은 자신과 상대에 대한 배려입니다.

감정과 생각

우리는 감정에 대해 무지합니다.
우리는 감정을 속이고 억압 혹은 회피하는 방법만을 배웠습니다.
우리는 자신의 감정에 대해 어떻게 접근해야 할지 모릅니다.

우리는 생각의 늪에 빠져 있습니다.
생각의 힘이 너무 강하고 빨라서 그 생각을 볼 수 없습니다.

감정은 생각을 불러일으키고,
생각은 다시 감정에 에너지를 더해 그 힘이 강해지며,
다시 그 감정은 많은 생각을 움직이게 합니다.

이러한 빈곤의 악순환에서 벗어나는 길에 대한 이야기가
바로 **명상**의 길입니다.

감정에 대한 배움

남자는 여자에 비해 감정에 대해 미숙합니다.
많은 남자들은 슬픔이라는 감정을 잃어버렸다고 해도
지나치지 않습니다.
슬픔이라는 감정을 잃어버리면 공감 능력도 잃어버리게 됩니다.
공감 능력을 잃어버리면 세상을 보는 눈과 귀가 닫히게 됩니다.
그 결과 '나'라는 세상 속에 살게 되며 번뇌는 끊이지 않습니다.

인간 내면에는 늘 싸움이 끊이지 않습니다.
그 싸움은 다양한 논리와 부정직으로 덧칠 되어서
제대로 보기가 쉽지 않습니다.

감정을 대하는 데 있어서 우리는 이해보다는
싸움(전쟁)을 선택했습니다.
그러나 그 싸움은 승산 없는 싸움입니다.
싸움의 결과는 평화가 아니라 불안입니다.

자신의 감정에 대한 배움 없이는 마음의 평상심은 존재하지 않습니다.
그 배움은 오직 정직을 통해서만 가능합니다.

감정의 긍정적 표현

남자들이 여자들보다 명상을 하기에 어려움이 더 큽니다.
남자들은 성장 과정에서 흔히 이런 이야기를 듣습니다.

"울면 지는 거야."
"사내는 참을 수 있어야 해."
"남자는 용감해야 해."
"계집애처럼 울고 그러니?"

이러한 말을 듣고 성장하므로
자신의 내면에서 일어나는 감정에 대한 억압 기제가 고도로 발달합니다.

그 다음부터는 "있는 그대로의 슬픔과의 만남"은 불가능해집니다.

자신에 대한 이해를 위한 첫 번째 단계는 '감정 배움'인데
이것이 쉽지 않으니 나머지는 말할 것도 없습니다.

감정에 대한 배움 없이 생각을 배운다는 것은 불가능합니다.
감정의 긍정적 표현을 통해서만이
억압 기제는 사라지기(약해지기) 시작합니다.

심리적 과거와 미래

심리적 과거와 미래란 머릿속에서
물리적 미래와 과거에 대한 자아(ego)의
심리적 두려움과 상처
그리고 욕망의 움직임입니다.

자신을 관찰해보면 자신이 하루 종일 심리적 미래와
과거 속에 갇혀 있다는 것을 알 수 있습니다.

그렇기에, 현재라는 시간을 온통 심리적인 움직임으로
소비하고 있는 것입니다.
그 심리적 움직임이 줄어들지 않는다면,
우리에게 주어진 '현재'라는 '선물'을 가질 수 없답니다.

심리적 미래와 과거는 마치 시계추처럼 왔다 갔다 하면서
고요함을 깨뜨리고 있는 것입니다.

관찰의 시작점으로 자신의 과거라는 책을 읽어야 하는 이유는
자신이 얼마나 심리적 과거 속에 상처받고, 갈망하고,
고통 받았는지를 보고 거기에서 자연스럽게 벗어나기 위함입니다.

스스로 관찰하고,
자연스럽게 이해되며,
홀로 설 수 있을 때,
성숙이라는 의미를 이해하게 됩니다.

제2부

보편적 가치 이야기

변하는 가치와 변하지 않는 가치

가치란 생각과 행동의 기준입니다.
특히, 선택이라는 행동 측면에서 우리는 자기 나름대로의 기준에
근거하여 가치가 있는 쪽으로 움직입니다.
그래서 돈과 시간 그리고 마음을 가치가 있는 쪽에
사용하게 됩니다.
그리고 가치가 있는 그 무엇을 소중하게 여깁니다.

만약 가치를 '소중한 것'으로 정의한다면,
초등학교 시절의 저에게는 딱지와 구슬
그리고 같이 놀 친구가 가치라고 할 수 있습니다.
철없던 시절이라 부모님의 가치, 형제의 가치는
보이지 않는 공기와 같았습니다.
나이가 들면서 저에게는
돈, 지위, 지식, 학력, 담배, 술, 이성 등이 중요한 가치가 되었고,
딱지나 구슬은 그 가치를 잃어버렸습니다.

이처럼 변화하는 가치가 있는가 하면 변하지 않는 가치가 있습니다.
바로 경청, 관찰, 존중, 나눔, 배려, 소통, 협력 등의 단어가
의미하는 가치가 바로 변하지 않는 가치, 즉 절대적 가치입니다.
이러한 변하지 않는 가치는
모든 생명체, 비생명체가 공존, 공생하는 데
필수적·근본적인 가치이며, 사람이 성숙하기 위한 가치이기도 합니다.

우리는 복잡계의 세상에서 살고 있습니다.
우리는 복잡계의 문제를 다루어야 합니다.
우리는 복잡계의 질서를 이해해야 합니다.
복잡계의 질서를 이해하려면
변하지 않는 가치를 먼저 이해해야 합니다.
왜냐하면 그 복잡계의 근간에는
변하지 않는 가치가 있기 때문입니다.

그 이해는 머리가 아니라 마음으로 되어야 하며
그 마음이 우리의 근본이며 존재랍니다.

그 근본이자 변하지 않는 가치가 보편적 가치입니다.

가치

가치는 우리 내면에서 사고를 통해 표현되고
외적으로는 선택과 행동으로 표출됩니다.
그렇기에, 가치는 선택과 행동의 밑바탕입니다.
우리는 자신의 마음, 시간(생명), 돈을
가치가 있는 대상에 사용합니다.
우리 삶을 결정하는 것은 바로 가치이며,
개인이 지향하는 가치를 가치관이라고 칭합니다.
가치관은 세상을 바라보는 시각이며
선택과 행동을 이끌어내는 삶에 대한 태도입니다.

망망대해를 나침반과 지도 없이 항해한다면
목적지에 도착할 수도 없으며,
그 항해는 매우 위험할 수밖에 없습니다.
그렇기에, 가치는 사실상 삶의 나침반이자 지도입니다.

보편적 가치가 무엇인지,
그 가치가 어떤 영향을 미치는지를
스스로 탐구하여 이해한다면
삶의 나침반과 지도를 얻는 것과 같습니다.

보이는 가치와 보이지 않는 가치

인간은 태어나 성장 과정 속에서 보이는
가치(물질, 권력, 지식, 명예 등)를 추구하며,
성숙 과정 속에서 보이지 않는 가치(보편적/근본적 가치)를
추구하게 됩니다.
이처럼 성장과 **성숙**을 통해 인간은
전인적 인간으로 탈바꿈하게 됩니다.

어른이 되어서도 보이지 않는 가치가 보이지 않는다면
그는 아직 알에서 깨어나지 못한 것이며,
여전히 내면은 철없는 어린아이와 같습니다.

보이지 않는 가치가 세상의 근간을 이루고 있음을 알 때
우리는 진정 삶의 의미가 무엇인지를 알게 됩니다.

보편적 가치

보편적 가치는 그 자체가 존재이며 이유입니다.

어릴 적 우리는 처벌과 보상을 통해 교육 받았습니다.
(그 처벌과 보상은 우리 내면에 두려움을 키웠으며,
우리 존재를 피동적·타율적 존재로 성장하게 만들었습니다.)

좋은 사람이 되기 위해서 착한 일을 하고,
욕을 하면 나쁜 사람이 되기에 겉으로 욕하지 않고,
선생님에게 야단맞지 않으려고 숙제하고,
이성 친구에게 잘 보이기 위해 예절을 갖추고……

보편적 가치는 그 자체가 절대적 가치이며
다른 어떤 원인(힘)이 있기에 존재하는 것이 아닙니다.
그 자체가 절대적 덕이기에, 스스로 존재하며 소통하고 나누어집니다.

우리는 자신을 위한 어떤 이유나 목적 없이 행위를 하는 경우는
매우 드뭅니다.

보편적 가치는 그 어떤 이유나 목적을 위해 움직이는 것이 아니라,
그것이 바로 존재이며, 질서이기에 그렇게 움직일 뿐입니다.

가치 위기

오늘날 인류는 다양한 위기를 맞고 있습니다.
금융 위기, 에너지 위기, 환경 위기, 식량 위기, 식수 위기 등등.

그러나 그 위기들은 현상을 해석한 것이며,
핵심은 바로 가치 위기입니다.

우주와 자연의 질서에 대한 이해,
생명체에 대한 존중하는 마음,
자신에 대한 이해의 부족으로 생겨난 문제입니다.

문제를 바르게 이해하지 못하면 그 해결책도 바르지 못하답니다.

전쟁과 평화

인류는 전쟁에서 벗어나본 적이 없습니다.
그 전쟁은 자연을 상대로 시작해서, 사람간의 전쟁,
그리고 내면의 전쟁까지 존재합니다.
그 전쟁은 영원히 끝나지 않을 것처럼 보입니다.

내적인 평화를 원하지만 그 평화를 얻는 방식은 여전히 전쟁입니다.
그 전쟁은 교묘한 언어(기호)로 포장되어 있습니다.
의지/노력/성취/기도/고행/믿음 등으로……

그 시작은 여전히 탐욕입니다.

스스로 그 시작을 보지 않는다면 지혜의 눈은 열리지 않습니다.

생명

자연계에는 **생명체**를 죽여서 자신의 먹이로 삼는 과정이 일어납니다.
우리 인간도 다른 **생명체**의 죽음을 통해 살아갑니다.
그 **생명체**가 동물이건 식물이건.

부처님께서 살생을 금하신 그 뜻은
최소한의 살생을 의미하신 거라 생각합니다.

자신을 이해한다는 것은
생명에 대한 소중함을 깨닫고
최소한의 살생을 하면서 살아감을 받아들이는 것이기도 합니다.

생명은 **사랑**이며, 인간은 그 **사랑**으로 살아갑니다.

싸움을 넘어서서

인류의 삶은 늘 싸움의 연속인 것 같습니다.

자연재해와의 싸움, 동물과의 싸움, 인종간의 싸움, 민족간의 싸움,
국가간의 싸움, 지역 간의 싸움, 종교 간의 싸움, 형제 간의 싸움,
부부 간의 싸움, 친구와의 싸움, 나와의 싸움.

잡지나 신문, 광고에서도 전쟁 용어를 사용하며,
우리도 일상생활에서 아무런 생각 없이 전쟁 용어를 사용합니다.

싸움은 행위를 의미합니다.
그 행위 전에 지혜로운 생각이 없다면
그 싸움의 결과는 늘 좋지 못합니다.

지혜로운 생각의 밑바닥에는 보편적 가치가 있습니다.

우리 내면에도 늘 싸움이 일어납니다.

화와 싸우고,
슬픔과 싸우고,
게으름과 싸우고,
욕망과 싸웁니다.

이러한 접근 방법을 벗어난 **지혜로운** 길이 바로 **명상**의 길입니다.
싸우지 않고 문제를 해결할 수 있는 길이 아니면
싸움은 끝나지 않습니다.
싸움의 시작에는 바로 조급함과 어리석음이 있습니다.

사랑

우리가 진정 원하는 것은 무엇일까요?
그것은 행복일 것입니다.

행복의 조건은 여러 가지가 있습니다.
그중에 근본이 사랑입니다.

우리는 존중 받기를 원합니다.
우리는 관심 받기를 원합니다.
우리는 사랑 받기를 원합니다.

사랑을 받지 못한 생명은 불안정합니다.
그 불안정은 감정과 생각의 무질서로 이어집니다.
그 무질서는 다양한 형태(분노, 폭언, 폭력)로 표출됩니다.

어릴 때는 부모님의 사랑을 받습니다.
어른이 되어서는 누군가로부터 받는 사랑만으로는 부족합니다.
그렇기에, 스스로 자신을 사랑할 수 있어야 합니다.

어른이 되었다는 것은 사랑을 나누어줄 때가 되었다는 것을 의미합니다.
그러나 우리는 여전히 미숙하고 어리석으며 자신을 사랑하지 못합니다.

스스로를 사랑하지 못한다면 사랑을 나누어줄 수 없습니다.
스스로가 행복하지 못하다면 행복을 나누어줄 수 없습니다.

스스로를 사랑한다는 것은
사랑의 눈과 귀로 자기 내면을 볼 수 있음을 의미합니다.
그래서 세상을 사랑의 눈과 귀로 볼 수 있는 것입니다.

사랑 없이는 경청과 관찰은 불가능합니다.

정직

아침식사를 하면서 딸과 나눈 이야기입니다.

아빠: 소현아, 네 방을 스스로 치우는 행위가
　　　왜 배려인지 생각해볼래?
딸: 아빠, 그것은 정리지, 왜 배려야?
아빠: 엄마가 일을 많이 해서 손목에 병이 생겼는데,
　　　네 방을 치우면 손목이 더 아프지 않겠니?
　　　네 방을 스스로 치우는 것은 엄마를 위한 배려가 아닐까?
딸: (무언의 표정) ……

아빠: 소현아, 네가 세수하거나 이를 닦을 때 물을 아끼는 것이
　　　배려가 아닐까?
　　　네가 절약한다면, 지구가 덜 아파할 건데.
　　　그렇다면 너는 지구에 배려하는 것이 아니겠니?

(딸애는 어릴 때부터 지나친 소비는 지구를 아파하게 한다는
이야기를 듣고 자라서 그 의미를 어느 정도 이해합니다.)

아빠: 소현아, 정직이 배려인데, 혹시 아니?
딸: 아빠, 정직이 왜 배려야? 정직은 정직이지…….

아빠: 소현아, 네가 정직하지 못하면,
　　　너의 몸과 마음이 불편하지 않니?
　　　그렇다면 네가 정직하면 너의 몸과 마음이 편안하니
　　　정직은 너의 몸과 마음에 대한 배려가 아니겠니?

도덕/윤리

우리는 어릴 때 도덕과 윤리를 규칙으로 배웠습니다.
그 규칙은 처벌과 보상의 형태를 취했습니다.
처벌과 보상의 과정에서 우리는 물리적/심리적 상처를 입었습니다.
처벌과 보상은 우리에게 의심하는 힘과 고민하는 힘을
상실하게 했습니다.
정해진 규칙을 따라 비교와 경쟁 속에서 암기와 복종을 배웠습니다.
그 결과 우리는 자율적 존재가 아니라 타율적 존재로 변해갔습니다.

몸이 성장하여 어른이 된 우리에게는
욕망과 두려움 그리고 비교와 경쟁으로 세워진
자존감이 남겨져 있습니다.

이제는 누가 강요하지 않아도, 욕망과 두려움
그리고 비교와 경쟁이 삶을 움직입니다.
자기 내면의 그 힘이 결정하는 대로 살아가는 타율적 존재이면서,
자신은 주체적 존재라고 착각하며 살아갑니다.
그리고 그 가짜 자존감을 지키기 위해 안간힘을 쓰면서 살아갑니다.

어른이 된 우리가 삶 속에서 만나는 문제는
교과서에서 풀어본 문제가 아닙니다.
그리고 모든 것이 변화하고 있기에,
규칙과 암기로 배운 것들은 제대로 써먹을 수도 없습니다.

변화하는 모든 것과 함께 살아가기 위해서는
스스로 일어서고 어떻게 해결해 나가야 할지를 아는 존재,
즉 자율적이고 지혜로운 존재가 되어야 합니다.

명상은 성숙의 과정이며 지혜의 배움입니다.

행복

봄의 문턱에서 밤 사이 눈이 왔습니다.
출근길에 아파트 주변 나무에 쌓인 눈을 보며 아름다움을 느낍니다.

나무와 눈 그리고 주위 건물의 조화.

이러한 것이 소소한 행복으로 여겨질 수 있지만,
바로 그 순간 그들(사람과 자연)과 함께 못한다면
영원히 행복을 느낄 수 없습니다.
행복은 현재에 존재하는 것이지, 미래에 존재하는 것이 아닙니다.
작은 행복, 큰 행복이 있는 것이 아니라 그냥 행복이 있는 것입니다.

비교하는 삶, 목표 지향적 삶을 산다면
현재가 아니라 미래를 보며 살게 됩니다.

그 삶은 비교를 통해 자신을 불행한 존재로 여기게 되며,
목표를 쳐다보며 조급함과 불안함의 삶을 살게 됩니다.
목표에 도달한 후 순간의 만족감을 느끼지만,
이내 공허감과 외로움을 느낍니다.
그는 자신의 성취와 업적 그리고 타인의 인정을 통해
자존감을 형성했기에,
외부의 작은 충격(타인의 사소한 이야기와 작은 실패)에
쉽게 무너져 내립니다.

그의 몸은 어른이지만 내면은
늘 엄마의 칭찬을 바라는 어린아이와 같습니다.

과정 지향적인 삶을 추구한다는 것은 현재를 산다는 의미이며,
나만을 쳐다보는 것이 아니라 더불어 사는 것입니다.
그 삶은 작은 것에도 감사함을 느끼며,
사회와 자연의 아픔을 공감합니다.
그는 자신이 불완전하며, 실패할 수도 있다는 것을 알며,
때로는 잘못도 하는 존재라는 사실을 자신에게 감추지 않습니다.
그러기에 그는 정직의 가치를 아는 존재입니다.
그는 있는 그대로를 보며 타인의 이야기를
귀담아 듣고 배우는 존재입니다.
그러기에 그는 통찰력과 창의성을 삶 속에서 발휘하게 됩니다.

배움이란 깨어 있음이며
자신과 세상에 대해 경청과 관찰을 한다는 의미입니다.

감사

딸아이(10세)와 식사를 하면서 나눈 대화입니다.

아빠: 어른이 된다는 것이 무엇인지 아니?
딸: (침묵: 제 얼굴만 바라봅니다.)

아빠: 감사하다는 것이 무엇인지 아니?
딸: 말 그대로 감사한 거지, 뭐.
　　나는 아빠가 선물 사줄 때 감사해~^^

아빠: 감사하다는 것은 저절로 느껴지는 거니,
　　　아니면 노력해서 아는 거니?
딸: 그냥 저절로 느끼는 것이지.

아빠: 그래, 감사하다고 저절로 느끼는 거란다……. 그냥.
　　　그러면, 넌 길에서 청소하는 아저씨를 보면 감사함을 느끼니?
딸: (침묵)

아빠: 어른이 된다는 것은 감사함을 느낄 수 있는
　　　사람이 된다는 거란다.
　　　어른이 되는 일은 매우 어려운 일이고,
　　　이 세상 사람들 중 어른이 되지 못한 사람이 많이 있단다.
　　　몸이 성장하는 것만으로는 어른이 되는 것이 아니란다.

감사는 사랑을 느끼는 것입니다.

어른이 된다는 것은
이러한 감사함을 저절로 느끼는 존재가 된다는 것입니다.
그리고 그 감사함이 무엇인지를 알게 되는 것입니다.

긍정

긍정은 배움의 상태에 있는 것이며,
순간순간 새로운 것에 대한 관찰과 경청이 이루어지는 것입니다.
내면에 두려움이 없기에 있는 그대로의 사실을 볼 수 있으며,
그 어떤 것에 집착하지 않고 머무르지 않기에
변화하며 흘러가는 존재인 것입니다.

짝퉁 긍정이란
무조건 '할 수 있다'라는 생각으로 자신을 기만하며,
자신의 있는 그대로의 모습과 외부 사실을 보지 않고,
합리화, 정당화, 왜곡화를 하며,
깊숙한 내면에는 두려움과 부정이 쌓여 있으면서,
'잘될 수 있을 거야'라는 주문을 반복하는 상태입니다.

짝퉁 긍정은 자기중심적 사고의 움직임입니다.

진정한 긍정은 내면의 재잘거림이 줄지 않고서는 불가능합니다.
자신의 이해를 통해서만이 내면의 그 재잘거림이 줄어든답니다.

모름

어떤 사안에 대하여 자신이 안다고 생각하면
우리는 보지 않거나 자신의 견해를 자랑하기에 바쁩니다.

자신을 관찰할 때 모름의 상태에 있지 않다면 관찰은 불가능합니다.
(아기 때는 관찰과 경청이 가능했으나 에고가 성장하면서
 관찰과 경청의 힘은 약해지거나 거의 사라집니다.)

자신이 알고 있다는 그 상태와 작용을 관찰하지 못하면
내면의 그 지껄이는 자의 어리석음은 계속될 것입니다.

그 무언가를 알거나 이해하게 되어도
그 순간 그것으로 끝나야 한답니다.

나눔

스스로가 나누지 못하고 있다면,
그의 관찰은 여전히 본질적 변화를 가져오지 못한 것입니다.

나눔은 바른 관찰의 결과이며,
우리라는 가치에 대한 이해의 결과입니다.

배려와 감사

배려와 감사는 관찰이 저절로 이루어지기 위한 기반입니다.
만약 내면에 배려와 감사가 존재하지 않는다면 관찰은 불가능합니다.

배려는 에고(ego)인 나를 넘어선 행위입니다.
나를 넘어서지 못하면 자신을 객관적으로 관찰할 수 없습니다.

작은 것에 감사할 줄 아는 사람은
자신의 내면에 일어나는 미묘한 움직임을 느낄 수 있답니다.
그렇기에 그는 저절로 관찰할 수 있습니다.

'배려와 감사'는 하나의 가치이며, 이는 사랑과 자비의 다른 이름입니다.

내면의 끊임없는 그 지껄임과 욕망이 쉬지 않는다면,
행복은 결코 존재할 수 없답니다.
오늘도 자신의 어리석음이 자신을 얼마나 닦달하고 있는지를
느껴보세요.

같이

어떤 이는 좋은 집에서 여러 분야의 능력을 가지고 태어나기도 하며,
어떤 이는 가난한 집에서 신체적 장애를 가지고 태어납니다.
이처럼 세상에는 다양한 사람들이 다양한 능력과 환경 속에서
살아가고 있습니다.

그런데 우리는 자신이 가지고 있는 것 중
좋은 것은 자신이 이루었다고 착각하며,
자신의 것이라고 여기며 살아갑니다.
(나쁜 것은 다 조상 탓이나 남의 탓을 하기도 하고,
 때로는 운명 탓이라 여깁니다.)

그렇지만 자신에게 속해 있는 그 좋은 것은
혼자서 이룬 것이 아니라 많은 존재의 도움을 통해 같이 이룬 것입니다.
그렇기에 능력이 뛰어난 자, 많은 것을 가진 자는
내 주위의 사람들과 나누어야 합니다.
(오히려 평범하고 가난한 사람들이
 더 많은 배려와 나눔을 행하며 삽니다.)

이 세상은 혼자서 사는 세상이 아니라,
우리 모두가 서로의 부족한 점을 메워주며,
타인에 대한 배려와 나눔을 행하면서 살아가야 할
우리 모두의 터전입니다.

같이 사는 세상
배려와 나눔이 있는 세상

그것이 바로 소중한 삶의 가치, 보편적 가치라고 생각합니다.

돕기

우리는 '돕기'라는 단어를 접할 때
맨 먼저 타인을 물질적으로 돕는 것을 생각합니다.

직접적이고 눈에 보이는 형태(물질적 도움)의 돕기도 있지만,
간접적이고 눈에 보이지 않는 돕기도 존재합니다.

돕기의 결과가 지금 당장 효과를 보이는 것도 있지만,
오랜 시간이 지나야 효과를 나타내는 것도 있습니다.

우리는 '돕기'라는 단어의 시공간적·직간접적 의미와 관계성을
깊이 이해하지 못한 채 살아갑니다.

'돕기'라는 단어는 '주기'라는 의미 이외에
'받기'라는 의미와 아주 깊이 연결되어 있습니다.
우리는 '돕기'라는 단어가
'소통', '공감', '느낌', '생명', '나눔', '배려', '기다림' 등의
보편적 가치/단어와 깊이 연결되어 있다는 것을
실제로 느끼지 못한답니다.

이는 '돕기'라는 단어만이 아니라
다른 많은 단어(가르치기, 나누기, 돌보기, 이해하기, 사랑, 자비 등)들도
깊게 이해하지 못하고 있습니다.

통합적 사고는 시공간적·직간접적인 관계성을 볼 수 있고
그 의미를 이해하는 힘입니다.

많은 단어들이 다른 단어와 연결되어 있음을
이해하는 것은 매우 중요한 일이며,
이는 **통합적 사고** 그리고 **창의성, 혁신** 등의 힘과 연결되어 있습니다.

자신이 알고 있는 것에 대한 의심과 질문
그리고 고뇌하는 **탐구** 과정을 통해,
피상적 의미로만 알고 있었던 단어들의
다양한 깊은 의미를 알 수 있답니다.

"하늘은 스스로 돕는 자를 돕는다."

지혜

누군가를 돕는다는 것은
돕고 싶다는 마음만으로는 부족합니다.
즉, 지혜로운 도움이 되어야 하는 것입니다.
지혜는 기다림으로 나타나기도 하고
부족함의 가치를 주는 것으로도 표현됩니다.

즉각적 도움이 필요할 때도 있지만
때로는 기다려야 할 때도 있습니다.
상대가 도움을 받아들일 준비가
되어 있지 않은 경우일 수도 있고,
나의 능력이 부족한 경우일 수도 있습니다.
지혜가 부족하면 조급함과 미숙함이 움직여
문제를 악화시키는 경우도 있을 것입니다.
즉, 돕지 않는 것이 돕는 것이라는 말처럼
기다림이 필요한 것입니다.

채움의 선물도 필요하지만
부족함의 선물도 때로는 필요하답니다.

자식을 키우는 부모의 마음은 늘 자식에게 부족함 없이
채워주고자 합니다.
그래서 아이가 스스로 배우고 홀로 서는 기회를
빼앗는 경우가 흔히 있습니다.
많은 경우 부모들은 아이에게 정답을 주려고 하지,
아이가 시행착오의 과정을 거쳐 스스로 배우게끔 하지 않습니다.

돕는다는 것은 외형적 형태가 아니라
그 시작이 지혜인지 아닌지가 결정하는 것입니다

소통(communication)

기업에서 '소통'은 신체의 '피'와 같습니다.
그래서 기업은 원활한 소통을 위해 많은 비용을 치르고 노력하지만,
소통의 문제는 쉽게 해결되지 않습니다.

소통은 사실(fact)의 전달만으로는 부족합니다.
서로의 감성의 교감이 필요합니다.

이를 위해서는 상대에 대한 배려가 필요합니다.
상대를 존중하고 그의 말에 귀를 기울일 수 있을 때
상대도 나의 말에 귀를 기울일 수 있습니다.

소통은 상대에 대한 존중과 경청으로부터 시작합니다.

받는다는 의미

누군가로부터 무언가를 받고 감사함을 느끼는 것은 소통입니다.
그 소통은 주는 상대에게 나의 마음을 주는 것입니다.

누군가가 만든 음식을
맛있게 먹고 감사해한다면
그 누군가를 행복하게 해주는 것과 같은 이치입니다.

받는다는 것은 마음을 받는 것이며
그것은 공감이며 생명의 소통인 것입니다.

사랑은 서로 마음을 주고받는 보편적 가치의 움직임입니다.

공감(1)

공감은 사랑의 다른 모습이기도 합니다.

공감하지 못한다면 타인의 아픔도, 기쁨도 느낄 수 없답니다.
'나'라는 에고가 강하면 공감은 매우 어렵습니다.
언제나 '나'의 아픔, 쾌락, 욕망만이 우선된다면,
외부 세계와 타인을 볼 수도, 느낄 수도 없습니다.

공감은 타인과의 소통이며, 타인에 대한 배려이기도 합니다..
공감과 배려는 하나의 가치에서 출발한 보편적 가치의 다른 표현입니다.
보편적 가치는 하나이면서
다양한 이름과 모습으로 삶의 기반으로 존재합니다.

공감(2)

우리가 누군가를 설득하고자 한다면
먼저 상대방의 말을 경청해야 합니다.
경청을 통해서만이 상대방은 방어 기제를 내려놓게 됩니다.

경청은 또한 상대에 대한 공감의 시작입니다.
그리고 공감은 바로 소통의 시작이기도 합니다.

그런데 그 경청이 진정성이 없다면 상대의 무의식은 바로 알아차립니다.
그렇기에 정직하지 않으면 경청이 제대로 이루어지지 않는답니다.
상대에 대한 경청이 이루어진다면 상대방도 나의 말을 경청합니다.

설득이 아니라 공감이며,
그것은 바른 가치인 생명 간의 나눔과 소통인 것입니다.

피드백(feedback)

피드백은 한글로 되먹임이라고 해석되며,
출력(결과)이 다시 시스템의 입력 신호로
작용하는 것을 의미합니다.
저는 피드백이란 용어를 대학교 시절에 처음 접하였습니다.
그 당시에는 그 용어가 전공 분야에
한정된 의미라고 생각했었습니다.

그러나 피드백은 우리 삶과 자연계의 원리라는 것을
어느 순간 알게 되었습니다.
무엇인가를 행했다면 행위의 결과는 우리에게 영향을 미칩니다.
피드백은 모든 만물이 서로 연결되어서
직·간접으로 영향을 미치고 있음을 나타내는 용어입니다.

의료계에서는 자율신경계의 안정을 유도하는 데
이용하기도 합니다.
그런데 피드백은 배움과 소통이라는 것과
아주 밀접하게 관련되어 있습니다.
배움과 소통은 피드백 경로를 차단하지 않고,
피드백 되는 신호를 있는 그대로 받아들이는 데 있습니다.
그렇지만 우리는 자기 기만/자기 세뇌/자기 도취 등에 의해
피드백 되는 신호를 자주 왜곡합니다.

깨어 있다는 의미(경청과 관찰)는 피드백 되는 신호가
물처럼 자연스럽게 흘러가게끔 하는
정직의 상태에 머무른다는 의미랍니다.

경청(1)

소통의 시작은 경청입니다.
이 경청의 시작은 자기 내면의 소리로부터 시작합니다.

자기 내면의 소리를 듣지 못한다면 타인의 소리를 들을 수 없습니다.

자기 내면의 소리를 듣는다는 것은
자신의 두려움, 화, 슬픔, 외로움, 공허감, 조급함 등과
만난다는 것입니다.

자기 내면의 소리를 듣고 이해한 자는 지혜를 얻게 되며,
그 지혜는 흔들리지 않는 기반이 됩니다.

자신이 무엇을 하고 있는지,
자신의 말과 행동이 어떤 영향/결과를 미치는지를
자각하며 살아가는 사람은 많지 않답니다.

깨어난다는 것은 인간 진화의 필연적인 길이랍니다.

경청(2)

경청은 리더의 첫 번째 덕목이기도 합니다.
그리고 소통의 첫 번째 행위이기도 합니다.

경청은 내면에 겸손의 기반이 있을 때 가능합니다.

만약 누군가의 이야기를 들을 때,
내면에서 자신의 생각이 움직인다면
상대의 이야기를 들을 수 없습니다.

경청은 바로 관찰이며 이는 하나의 행위입니다.
경청과 관찰을 통해 배움이 있으며
그 배움이 바로 지혜이기도 합니다.

스스로가 경청하지 못함을 알아차리지 못한다면,
경청은 요원한 일이 됩니다.

관찰

관찰은 하는 것이 아니라 되는 것입니다.

명상의 첫걸음은
관찰하는 것으로 시작하지만,
자신의 행위에 대한 바른 이해를 통해
관찰은 하는 것에서 되는 것으로 변화합니다.

관찰이 되기 위해서는
명상 과정에서 자신이 관찰하고 있는지
아니면 무언가를 얻으려고 노력하는지를
알아채야 합니다.

무언가를 얻으려고 하는 동안에는
온전히 관찰할 수 없습니다.
왜냐하면 그 관찰은 순수하지 않기 때문입니다.

수영을 처음 배울 때 힘을 빼야 한다는 이야기를 듣지만
물에 빠지지 않으려고 힘을 주다 보면
자꾸만 물에 가라앉게 됩니다.
포기하지 않고 물에 계속 빠지면서 힘을 빼는 것을
어느 순간 자연스럽게 경험하면
그제서야 힘을 뺀다는 의미를 알게 됩니다.

스스로 관찰하는 과정에
무언가를 얻으려는 그 자신을 알아채고 나서야
관찰이 자연스럽게 되기 시작합니다.

쉼

마음의 **평화**란 감정과 생각의 쉼을 통해 생겨납니다.
감정과 생각의 **쉼**은 쉬고 싶다고 해서
노력을 통해 만들어지지 않습니다.
감정과 생각의 **쉼**은 자신에 대한 이해의 결과로
자연스럽게 만들어집니다.

내면의 **쉼**은 평화이며 싸움(전쟁)의 결과가 아닙니다.
고행이나 자신과의 싸움을 통해서는 결코 **쉼**이 생겨나지 않습니다.
지금 당신이 무언가를 하고 있다면
왜, 어떻게 하고 있는지를 보아야 한답니다.

경청과 관찰

보되 보려 하지 말고, 듣되 들으려 하지 말아야 합니다.

경청과 관찰은 무위(無爲)입니다.

쉼과 관찰

쉼과 관찰은 마치 몸과 마음이 밀접하게 연결된 것처럼,
쉼이 없이는 관찰이 되지 않고 관찰의 결과로 쉼은 커져갑니다.

만약 관찰이 안 된다고 생각되면 그냥 쉬어보세요.
만약 제대로 쉬고 있다면 관찰은 자연스럽게 일어납니다.

몸의 쉼도 필요하지만, 마음의 쉼도 같이 필요합니다.

쉼과 관찰은 불일불이(不一不二)입니다.

관찰 vs. 생각

명상의 핵심 중 하나가
본다는 것이 생각한다는 것과는
다른 그 무엇이라는 것을 아는 것입니다.

사고, 즉 생각은 도구이지 주인이 아닙니다.
그렇지만 인간은 생각의 노예가 되어 스스로 보지 못하고
기계처럼 조건 반응 형태의 말과 행동으로 살다 갑니다.

자신이 생각하고 있는 것을
보고 있다고 착각하고 있는지 한번 보시기 바랍니다.

머무름 & 지켜봄

관찰을 하는 과정에 어떤 날은 관찰이 잘되지 않는 경우가 있습니다.
그리고 마음이 매우 심란해질 수도 있습니다.

그럴 경우, 그냥 그 심란함과 머물러보세요.
관찰을 더 잘하려고 노력도 하지 마세요.

단지 자신이 심란하다는 그 사실과의 만남으로 족하답니다.
단지 자신이 관찰하지 못하고 있다는 그 사실과의 만남으로 족하답니다.

관찰의 시작점에 감추어져 있는 자신의 욕망을 볼 수 있으면
금상첨화입니다.

집단 지성(Collective Intelligence)

기업에서 사람 수가 적고 일의 복잡도가 덜한 경우에는
뛰어난 한 명의 리더가 조직을 끌고 갈 수 있습니다.
이를 외형적으로는 카리스마 리더십이라고 볼 수도 있습니다.

그런데 사람이 늘어나고 일의 내용과 복잡도가 증가하면
한 명 혹은 소수의 리더가 조직을 바르게 끌고 갈 수 없답니다.
즉, 집단 지성이 조직을 끌고 가야 한답니다.

집단 지성은 의사 결정의 독단성과 위험성을 방지하거나 줄여주며
혁신과 창의성이 움직이게 합니다.
집단 지성은 경청, 공감, 존중, 소통, 협력과 같은
보편적 가치를 기반으로 한 움직임입니다.

집단 지성은 바른 기업의 문화이며 창의성입니다.

깊게 생각한다는 것은?

깊게 생각한다는 것은 무슨 의미일까요?

첫 번째, 생각을 하려면 머릿속에 정보가
기억되어 있어야 가능합니다.
정보가 충분하지 못하다면
어떤 사안에 대해 바른 결정을 내리기가 어렵습니다.
그래서 우리는 배워야 하며, 배운다는 것은
보고 듣고 읽고 쓴다는 것입니다.

두 번째, 깊게 생각하려면 자신의 생각과 타인의 생각들을
보고 들을 수 있어야 합니다.
그러기 위해서는 두려움과 자기 기만, 편견에서
벗어나 있어야 합니다.
즉, 모름에 대한 **정직**과
아는 것에 대한 **겸손**의 가치가 존재해야 합니다.

자신과 타인의 생각들을 충분히 경청하고 관찰한다는 것이
바로 깊게 생각한다는 의미입니다.

나이가 들수록 타인과 대화할 때 경청이 되지 않는 이유는
자아(ego)의 필터가 강해지기 때문입니다.
자아(ego)의 필터는 자신에게도 똑같이 적용되어,
특정한 생각을 제외한 자신의 생각조차 보고 들을 수 없으며
의심조차 하지 않습니다.

경청의 가치가 없는 배움은
지식의 퍼즐 조각을 기억하는 것 이상이 아닙니다.
이들 퍼즐 조각들간의 **연계성**과 **통합성**을 볼 수 있는
힘이 없기에 **창의성**은 요원한 일이며,
작은 어려움과 과제에도 어려움을 느끼게 마련입니다.

보편적 가치인 경청과 관찰은 구조(뼈대, frame)체이며
이 구조체가 바로 서야 담기는 내용(지식) 역시
제자리를 잡을 수 있으며,
삶의 다양한 과제들을 수행해 낼 수 있습니다.

새로운 것을 생각하려면

'새로운 것을 생각한다'고 할 때
우리는 책이나 강의를 통해 새로운 정보를 받아들이는 것에
중점을 둡니다.
그 결과 머릿속 정보의 양은 증가하지만
그 정보는 개별적이며 무질서한 상태로 존재하게 됩니다.

새로운 정보가 의미를 가지려면
단지 뇌 속에 정보를 받아들이는 것만으로는 부족하며,
새로운 정보는 기존 정보와 **연결, 통합**되어야 합니다.

우리는 편견과 선입관을 가지고 있어서,
지식이나 사안에 대해 사실 그대로 받아들이기가 쉽지 않습니다.
따라서 새로운 정보는 왜곡된 부분을 내포하고
있을 가능성이 높습니다.
기존 정보 역시 왜곡된 부분을 내포하고 있을 수 있으며,
사실에 대한 부분적 정보일 가능성이 높습니다.

정보간의 연결, 즉 **통합**은 이런 왜곡된 부분을 개선하거나
보이지 않았던 정보 혹은 가치, 이해를 가져옵니다.

정보간의 연결, 통합을 위해서는 내면의 침묵이 필요합니다.
내면의 침묵은 뇌에 새롭게 기억된 단편 조각 정보들이
기존 정보와 연결되게끔 하며,
그 결과 새로운 정보의 구조체를 형성하게 합니다.
이 과정이 바로 창조적 사고를 위한
쉼의 시간이며 창조적 과정입니다.

이처럼 내면의 침묵은 새로운 정보를 받아들이거나
새 정보와 기존 정보의 연결, 통합을 위해서는 필수적이랍니다.

그런데 내면의 침묵은 억지로 얻을 수 없습니다.
오직 자신의 이해를 통해서 자연스럽게 생겨납니다.

정적 이해와 동적 이해

사람은 자연, 우주(전체)의 구성원(부분)입니다.

지구 생명체들의 탄생과 진화처럼 사람 역시 탄생과 진화를 거칩니다. 그 진화의 근간은 배움이며 그 배움은 경청과 관찰이라는 형태입니다. 그 배움은 크게 두 개의 단계로 나누어집니다.

첫 번째는 정적 이해며 그 대상 자체의 형태, 색깔, 성질 등에 초점을 맞추게 됩니다. 즉, 그 대상 자체만을 두고 이해하고자 하는 방식입니다. 이는 과학의 초기 단계의 접근 방식이며, 사람이 태어나서 무언가를 배울 때 역시 같은 접근 방법을 사용합니다. 아기는 시각, 미각, 청각, 후각, 촉각 등의 감각을 통해 외부 사물에 대해 배우기 시작합니다. 정적 이해는 이해하고자 하는 대상 이외의 다른 대상들 그리고 환경에 대한 관계성과 변화에 대해 생각하지 못합니다. 그렇지만 두 번째 이해 단계인 동적 이해로 넘어가기 위한 필수이자 기초 단계입니다.

두 번째는 동적 이해이며, 관계성의 이해라고도 할 수 있습니다. 첫 번째 단계에서 형성된 지식을 근간으로, 그 대상과 영향을 직·간접으로 주고받는 다른 대상 및 환경에 대한 관계성에 대한 이해입니다. 이 관계성의 이해는 여러 대상과 환경간의 소통의 메시지를 듣고 보는 것을 의미합니다. 관계성의 이해는 이해하고자 하는 대상에 대한 폭넓고 깊은 이해를 가져오며, 관계성을 맺고 있는 다른 대상에 대한 이해로 연결됩니다. 이러한 접근 방식과 관련된 용어나 개념들 중 하나가 불교의 연기론 그리고 현대 과학에서는 네트워크 이론, 복잡계 이론, 통섭

이론 등이 있습니다. 이 두 번째의 접근 방식은 **우주(자연)**의 근본적 구조와 질서에 대한 **이해**를 위해서는 필수적, 필연적인 것입니다. 이 접근 방식은 단순 **생명체**에서 고등 **생명체** 그리고 영적 **생명체**로의 진화를 위한 필수적입니다. 우리는 이 두 번째 접근 방식을 통해 **통합적** 사고, 전체적 사고, 동적 사고를 하게 됩니다.

사고는 정적인 정보(즉, 기억)로 구성되지만, 동적 사고를 위해서는 **보편적 가치**의 움직임이 필수적입니다. 움직임의 근원은 사고가 아니라 **생명**이며 **보편적** 가치입니다.

통찰력

내면에 조급함이 있다면 어떤 사안에 대해 보고 들을 수 있을까요?
조급함은 욕심에서 나온답니다.

내면에 두려움이 있다면 어떤 사안에 대해 보고 들을 수 있을까요?
두렵기에 회피하거나 보고 들은 척할 것입니다.

욕망이 강한 자는 자신이 원하는 것만 보고 듣습니다.
그렇기에 욕망이 강한 자가 사람과 세상을 만나는 것은 어렵습니다.
그의 만남은 사람을 사람으로 보지 않고 대상과 수단으로 보는 행위
입니다.

그는 비록 욕망을 채울 수는 있어도,
사랑에 굶주려 있기에 늘 배가 고프고 외롭습니다.

그는 자신의 욕망이 채워지지 않을까 늘 두려워한답니다.

통찰력은 욕망으로 접근할 수 없습니다.

그리고 **통찰력**이 없다면 창의성 역시 기대할 수 없습니다.
자신을 배우지 않고서는 **통찰력**과 창의성은 기대하기 힘들답니다.

숨을 쉬는 것처럼

건강한 사람이 숨을 쉬는 것처럼 삶이 자연스럽다면
얼마나 행복하겠습니까?

대부분의 사람들은 나이를 먹어가면서
복식 호흡에서 흉식 호흡으로 바뀐답니다.
그나마 가장 쉬운 숨조차 자연스럽게 쉬지 못합니다.

세상과 삶이 이처럼 힘들고 각박해지는 이유는 여러 가지이지만,
근본적인 것은 보편적 가치의 부재입니다.

그런데 보편적 가치라는 것은
내 의지와 욕망으로 이룰 수 있는 것이 아닙니다.
그것은 숨을 쉬는 것처럼 자연스러워야 하며,
자연스럽게 내재화가 되어야 하는 것입니다.

자신과 세상의 모순에 대한 착한 불만과 내면의 진지함,
열정이 있다면 자연스럽게 그 보편적 가치를 만날 수 있게 됩니다.

그 결과 삶은 좀 더 여유로워지며,
후대에게 좀 더 나은 세상을 남겨주는 데 보탬이 될 것입니다.

숨

숨은 내 자신이 통제하는 것이 아니라 자연스럽게 일어나는 것입니다.

어릴 때는 배로 숨을 쉽니다.
나이가 들면서 점차 가슴으로 숨을 쉬는 경우가 늘어납니다.

가슴으로 숨을 쉬는 것은 마음의 질서가 깨어졌기 때문입니다.
(몸에 큰 병이 난 경우를 제외한 이야기입니다.)

두려움이 생기면 가슴으로 숨을 쉽니다.
화가 나면 가슴으로 숨을 쉽니다.
조급함이 생기면 가슴으로 숨을 쉽니다.

배로 숨을 쉬는 것이 좋다고 억지로 배로 숨을 쉬어도
두려움, 화, 조급함이 사라지지는 않습니다.

영어 단어 order의 의미는 순서라는 뜻을 가지고 있습니다.
가슴으로 숨을 쉬는 것은 결과입니다.
그리고 그 결과의 시작점은 두려움과 화 그리고 조급함입니다.

어떤 문제에 대해 **시작과 결과**를 제대로 순서 매길 수 있다면
문제에 대한 답을 찾을 가능성이 높아집니다.

영어 단어 order는 순서라는 뜻 이외에 질서라는 뜻도 있습니다.
순서를 아는 것은 보편적 가치인 질서를 아는 것이기도 합니다.

통찰력은 바로 그 질서를 꿰뚫어보는 힘이기도 합니다.

혁신과 창의성

기업에서 흔히 말하는 개념 중 하나가 혁신과 창의성입니다.
자본주의의 무한 경쟁에서 살아남기 위해 필요한 것이
혁신과 창의성이 필요한 것을 깨닫게 된 것입니다.

혁신과 창의성은 소통, 협력, 나눔, 배려와 같은 보편적 가치가
없이는 불가능합니다.
기업에서는 훌륭한 리더를 양성하려 하지만
내재된 모순으로 인해 쉽지 않습니다.

가정과 자녀에 대해서도 똑같은 현상이 일어나고 있습니다.
사회에서 성공하기 위해 필요한 요소(창의성과 리더십)를
자녀에게 주입하기 위하여 부모들은 돈과 노력을 쏟아 붓고 있습니다.

기업과 가정에서는 헛된 노력을 하고 있는 것입니다.

창의성과 혁신은 '나'라는 이기심과 탐욕을 넘어서지 않고서는
불가능합니다.
'나'라는 늪에 빠져 있는데
어떻게 통합적/전체적 사고를 할 수 있을까요?

타인에 대한 '배려와 나눔' 그리고 '우리'라는 가치가
내재되어 있지 않은 채,
'나'라는 단단한 성 안에서 혁신과 창의성이 나올 수 있을까요?

보편적 가치의 내재화는 '나'를 넘어서는 것이며,
그 결과로서 혁신과 창의성이 일어나는 것입니다.

언제부터 과정보다 결과가 더 중요해진 사회가 되어버렸습니다.
그리고 짝퉁이 진짜가 되고 진정 필요한 것은
하찮은 것이 되어버렸습니다.

무엇이 진짜이고 무엇이 짝퉁인지를 볼 수 있는 지혜의 눈이 없다면
평생을 신기루 속에서 살다 가게 된답니다.

관찰하고 경청하지 않는다면 자신의 기만과 어리석음 속에서
헤어나오지 못한답니다.

통합적 사고

통합적 사고의 시작은
자신이 단편적 사고를 한다는 사실을
자각하는 것으로 시작됩니다.

통합적 사고란 어떤 사안에 대하여
관련된 요소를 전부 본다는 것입니다.
그런데 그 요소를 본다는 것은 내면에
경청과 관찰의 힘이 존재할 때 가능합니다.
만약 자신의 생각이 먼저 움직인다면
그는 경청과 관찰을 하는 것이 아니라
이미 결정을 내린 것입니다.

따라서 통합적 사고를 위해서는
먼저 자신이 어떤 상태에 있는지를
자각해야 하는 것이 중요합니다.
그래서 자신의 책(자신의 생각, 느낌, 감정 등)과
반응을 읽어야 하는 것입니다.

자신이 얼마나 조급하게 사물을 보고
판단, 반응하는지를 알지 못하면
그는 자신의 카르마 속에
단편적 사고를 하면서 살아가게 됩니다.

내면의 침묵

내면의 소리와 싸워서 침묵을 얻을 수 없습니다.
먼저 내면의 소리를 경청하는 것이 명상의 시작입니다.
그 경청을 통해 내면의 소리는 이해로 이어지며,
침묵이 생겨나기 시작합니다.
경청하는 과정을 통해 스스로 자연스럽게
명상의 길을 발견하게 됩니다.

지혜의 눈

아침에 일어나면 우리는 눈을 뜨게 됩니다.
만약 눈을 뜨지 않는다면 걸려 넘어지거나,
물건에 부딪혀 다칠 수 있습니다.

이처럼 눈을 뜨지 않는다면
이 몸을 유지하거나 그 밖의 무엇을 하는 데
어려움이 많아지게 됩니다.

그렇다면 우리가 지혜의 눈을 뜨지 못한다면
무슨 일이 벌어질까요?
아마도 욕망에 걸려 넘어지고
어리석음을 어리석음으로 보지 못하기에
크게 다칠 것입니다.

지혜의 눈을 뜨기 위해서는 우리는 **정직**해야 합니다.
지혜의 눈을 뜨고 **관찰**하고 **경청**할 때
삶과 **성숙**의 의미를 알게 됩니다.

지혜의 눈은 누가 뜨게 해주는 것이 아니며
스스로 눈을 뜨는 것이랍니다.

짧은 여유

이 순간의 여유를 만날 수 있는지 스스로에게 물어보세요.

걱정거리와 해야 할 일이 쉼 없이 머릿속을 움직인다면
작은 여유를 만날 수 없습니다.
멈추지 못하는 자신을 탐구하고 이해하지 않는다면
마음의 여유는 생겨나지 않습니다.

이 순간의 짧은 여유도 만나지 못하는데,
미래의 많은 시간의 여유를 제대로 만날 수 있을까요?

스스로 이 순간의 여유를 만나지 못한다면
진지하게 자신이 왜 그러한지를 보세요.

의심

자신에 대한 배움의 여행에서 의심은 필수품입니다.

그 의심은 스스로 이해한 결과조차 의심할 수 있어야 하는 것입니다.
이는 자신이 이해한 결과조차 집착하지 않는다는 의미이기도 합니다.
이는 자신이 열려 있다는 말이며, 빈 공간이 있다는 의미이기도 합니다.
이는 경청하며 관찰하는 깨어 있는 상태를 의미하기도 합니다.

이는 바로 정직하다는 의미입니다.

결과

결과란 나의 행위와 외부의 많은 요소(타인, 환경)들이
과정을 통해 상호작용한 최종적 집합체입니다.

그 과정 속에서 나는 최선을 다하며
그 결과에 대해 온전히 받아들이지 않으면 삶은 고통스럽습니다.

비록 최선을 다했지만, 결과가 항상 좋을 수는 없습니다.
때로는 내가 모르는 나의 부족함이 있을 수 있으며
한편으로는 외부의 많은 요소가 작용하기 때문입니다.

과정 속에는 내가 예측하지 못한 어려움도 있으며
외부의 **도움**도 있습니다.
어려움을 해결하기 위해 타인에 대해 **경청**하고,
모르는 것은 물어보고 배워야 합니다.
때로는 타인이 주는 **도움**을 받아들이기도 해야 할 것입니다.

결과가 실패한다 하더라도
그 실패에 대해 배울 수 있다면
그는 다음의 결과를 성공할 수 있는 기반을 닦게 됩니다.

배움

배움에는 크게 두 가지가 있습니다.
하나는 지식의 배움이고 또 하나는 지혜의 배움입니다

지혜는 지식을 움직이는 힘이며,
지식이 지혜의 기반 위에 있지 않다면 부정적 결과를 낳게 됩니다.

인간은 태어나자마자 외부 세계와의 만남을 통해 배우기 시작합니다.
외부 세계의 사실과 오감이 만나면서 배움이 자연스럽게 일어납니다.

언어를 배우고, 에고가 형성되면서 빠른 속도로 지식을 배워나갑니다.
오랜 기간의 학교 생활을 통해 지식과 그 집단의 가치를 배웁니다.
그 후 직장, 가정, 사회 속에서 경험을 통해 배웁니다.
오늘날 교육은 주로 지식의 배움에 치중하고 있습니다.
그 결과 지혜를 배울 수 있는 토대를 쌓지 못해
성인이 된 후에도 삶의 어려움을 겪게 됩니다.
이는 개인적으로나 사회적으로 불행한 결과를 낳게 됩니다

이처럼 외부 세계에 대한 배움은 많으나,
자신에 대한 배움은 거의 없습니다.
그리고 많은 이들이 자신에 대한 배움이라는 의미조차도 모른 채
살다 갑니다.

어릴 적에는 어른이 되면
모든 게 편하고 다 알 수 있을 거라 생각했지만,
나이가 들면서 외로움과 공허감은 더 커져가고,
자신의 미성숙함은 여전히 그 자리에 있습니다.

스스로 자신을 본다는 것은 배움이며,
그 배움은 자연스러운 것이어야 하며,
그 배움은 자연스럽게 일어나야 하는 것입니다.

그 배움은 지식의 축적이 아니며,
그 배움은 보편적 가치에 대한 이해입니다.

만남

배움은 그 무엇과의 만남을 의미합니다.
그 만남 중 하나가 지식의 만남입니다.

좀 더 유식한 사람이 되거나,
자격증을 따거나,
높은 위치에 있기 위해
책이나 강의를 통해 자신 속에 지식을 채웁니다.
그 지식의 만남은 욕심에서 출발합니다.

또 다른 만남이 있습니다.

바로 지혜의 만남입니다.
지혜는 결코 지식의 축적을 통해서 얻어지지 않는답니다.
오직 바람 없는 만남을 통해서만이 가능하답니다.

바람 없이 내면의 책을 읽을 때,
바람 없이 내면의 소리를 듣고,
바람 없이 내면의 생각을 볼 때만이,
바람 없이 내면의 감정을 느낄 때,
그 지혜는 자연스럽게 생겨나며,
세상을 보는 눈 역시 열리게 된답니다.

경청과 관찰의 배움을 통해서만이 깨어날 수 있으며
삶은 더 풍요로워진답니다.

나의 행복이란 존재하지 않으며,
오직 우리의 행복만이 존재한다는 그 사실 역시
경청과 관찰을 통해서만이 배울 수 있답니다.

불완전함

우리는 살아가면서 타인으로부터 상처를 받습니다.
우리는 살아가면서 타인을 상처 주게 됩니다, 의도적이건 실수이건.

만약 누군가로부터 상처 받지 않고 또한 주지 않으려면
혼자 산 속에서 살아야 할 것입니다.

우리는 불완전한 존재입니다.
우리는 실수하는 존재입니다.

중요한 점은 우리가 불완전한 존재임을 받아들여야 하며,
우리가 실수하는 존재임을 인정하는 것이며,
그 실수와 잘못에 대해 배워야 하는 것입니다..

배우려면 정직한 관찰을 통해 깨어 있는 존재가 되어야 합니다.

문제가 두려워 회피한다면,
그 문제는 영원히 그를 기다리고 있을 것입니다.

에필로그

고등학교 1학년 때부터 오랜 세월을 두고 명상을 해 왔지만
명상의 길을 찾지 못하였습니다.
명상 책을 찾아 보고 사람들을 만나
명상이라고 하는 방법들을 배웠지만,
늘 내면에서는 다시 무언가를 찾고 있었습니다.
수 십년을 방황하다 어느 순간
내 자신이 무엇을 하고 있는지를 보았습니다.

명상을 통해 무언가를 얻으려고 하는 그 노력을 멈추고
처음으로 돌아가서 내 자신의 내면을 보게 되었습니다.

왜 내가 명상을 하려는지를,
내가 무엇을 두려워하는지를,
내가 왜 화를 내고 있는지를,
내가 무엇을 원하는지를….

그때부터 더 이상 무언가를 찾지 않고
저는 스스로 배우게 되었습니다.

저에게 명상은 더 이상 무언가를 찾는 것이 아니라
배움의 과정이 되었습니다.

그리고 더 이상 새로운 명상을 찾고자 하는 것이 멈춰졌습니다.

죽음이 생명의 근원으로 돌아가는 것처럼
마지막이란 단어 역시 처음이란 단어와 맞닿아 있다고 생각합니다.

이 책 제목이 "마지막 명상"인 이유도 거기에 있습니다.

그리고 이 책은 제가 만든 것이 아니라
제가 살아오면서 만난 모든 이들이 함께 만든 것이라 생각합니다.